辽宁文学

Liaoning Literature

2023 辽宁文学诗歌卷

李海岩 主编

北方联合出版传媒（集团）股份有限公司
春风文艺出版社
·沈 阳·

目录 Contents ▶

1

| 附 |

钢，鞍钢的钢（组诗）

◎东　来

真正的铜墙铁壁向我走来

这堵墙，让许多词起死回生
比如：排山倒海
又如：气势磅礴
再如：汹涌澎湃
起死回生是回炉重新锻造、涅槃重生

世上有许多墙让我感动
拉雪兹神父墓地的巴黎公社社员墙
耶路撒冷旧城的"哭墙"
南京大屠杀遇难者名单墙
唐山抗震纪念墙
…………

鞍钢纪念馆的浮雕

让我多年沉寂的心再次震撼

震撼连着震颤，是墙里掺进钢的元素

浮雕，浮在表面的雕塑

这组浮雕却挣脱墙面向我走来

说到排山倒海，钱塘潮有此胜景

风卷残云般不可阻遏

似要荡涤世间一切污泥浊水

如蘑菇状烟云后的冲击波

说气势磅礴，想到雪山走来的长江黄河

黄土高坡的壶口瀑布

惊天泣鬼的《黄河大合唱》

听一次感动一次的《国际歌》

想到掠过鸭绿江断桥弹孔的风音

说到心潮澎湃

读到"火烧赵家楼、痛打章宗祥"

"中国人从此站立起来了"

读到98抗洪一道道人墙，和

汶川抗震英雄

如此，才是心潮澎湃的动因

面对排山倒海般向我走来的人墙

面对气势磅礴的人海

面对蒸蒸日上的钢铁力量

我震撼了，我澎湃了

当年旧王朝的朽木被铁水烧掉
代之而来的是五行中的金
孕育的是铁打的江山
站在这堵墙下，耳边阵阵金石之声
苍穹震裂，心灵震颤

看遍了大大小小的浮雕
都好像过眼云烟
唯有这钢铁铸造的群雕，这脚步声
似催征的战鼓，重锤前胸，蓄势待发

年长我一轮的第一炉铁水

我比共和国整整小了一轮
在我出生12年前的那天
一炉铁水出炉，可别小看这炉铁水
是历史的重要时刻，是钢铁地标
从此，年轻的共和国便洪流滚滚
一发不可止、一泻千里

不回避道路的跌宕与峰回路转
前行就会遇到沟沟坎坎
只要前行，就不怕从头再来
不知那个仲夏是否如今天温凉
但我想，肯定比今天火热
几千度的铁水会把天地烫出窟窿

当时也确把天地烫出窟窿

共和国第一炉铁水

让"环球同此凉热"

展览馆里，久久望着那幅照片

早我12年诞生的那炉铁水

当年是否做了射向天空的炮弹

如今是否在地下成了紫色的锈铁

将来是否重新回炉

几个世纪以后，是否被再度开采

变成谁的第一炉铁水

被同年同月同日生的诗人再次吟唱

我为鞍钢写点什么

就因为它是共和国钢铁长子

就因为它出了第一炉铁水钢水

就因为有了钢铁，中国的身板硬了

就因为它富于时代意义

还因出了孟泰和王崇伦

让天下的文人纷至沓来

艾青来了，写了《钢都赞》《钢都夜》

郭小川来了，写了《追踪着老孟泰的脚步》

谢觉哉来了，赋词《西江月·鞍山钢铁公司留念》

郭沫若来了，写了一首《访鞍钢》

吴玉章来了，写诗一首

刘白羽来了，写了《又来鞍钢》

艾芜来了，写了长篇小说《百炼成钢》

魏巍来了，写了报告文学《走在时间的前面》

还有在鞍山战斗过的鞍钢作家
草明写了小说《乘风破浪》
于敏写了电影剧本《炉火正红》
罗丹写了《风雨的黎明》
公木写了长诗《黄花颂》
李云德写了长篇小说《沸腾的群山》
…………
我来了，我为鞍钢写点什么
先人面前，晚辈如何不枉为诗人一回

时景碎片（组诗）

◎曹慧佳

树　影

它就在单独的轨道上
一排直线，只有它特立独行
很多地方，都有那滚涌的影子

折断的一茬树枝，挂在电线间
风雨里，无动于衷

路灯透过，在橘粉的墙上映出夜晚
拔节生长的模样
那里，是它头脑的旋涡中心

花开，纱窗的缝隙溢来馨香
它还在看，也还在笑

脚伸展的地方，有埋葬的凤蝶，也有它战栗的眼
想睁开，却总是低眸、闭合

追 月 亮

坐在一撮草棵边静等月儿
云层层地铺满
那枚圆月不断地躲闪
浓厚的云碎掉了霾，我不停地追

有刻刀划出半张脸的轮廓
眉毛已立体透亮
眼睛在云中逐渐亮起
那磨砂的光升至半空
在柳树旁补了缺

高台上，长凳上张望
亥时的空中
蓝黑色的布嵌进天心

校 准

我来人间一趟
湿软的空气轻触肌肤
青苔缠绕扎根的脚踝

水中的泥垢
盖住呼吸的孔隙

光和着影，挤进
那碎裂的几十片
被暗黑绞磨出血肉
一颗，又一颗

路灯遮盖的夜

温和的炉火没有停下
细雨，轻触深陷的羽毛

寂冷的眼神眺过
在四方的铁笼中，它们静默地等候

灰色的空气里，早嗅不到
流动的情绪
为这，我打碎了夕阳
在路灯遮盖的夜

逢　春

台阶扫下一把浮雪
树根旁又铺了层金黄的小米

北风刮起尘雪
此刻，我想赴临那苍凉的旷野
看村庄的暗夜怎样化作晨曦

雪粒绕缠着温暖

持红锹的小人凝望小米
群雀在枝头俯瞰
寒冬，又逢春

路　口

车轮碾蹭新铺就的柏油面
它们捎着北风过马路
红灯亮起，冲刺停下的车交替着
耳廓收纳了剐擦、聒噪的声响

十字路口是广袤的旷野
选择了，才有方向
烟囱竖立，白雾长长短短
升起、弥散

冬月，寒冬未至
空气里却凝结出苍凉的日光

不敢触碰的（组诗）

◎熊 伟

黎 明 前

夜幕下一只猫

每一步，都踩着自己的影子

它闪亮的眼睛

是那么小心，那么快乐

光的小花布

一抖

猫和影子

就碎了

不计较任何事

我为早晨一个不好的念头

读了一本书

雨点落在干燥的地面

晃动的树叶，凉风习习
我把雨伞放在小树下
不计较任何事，雨似乎大起来
我是谁掉下的一枚书签
天空阴沉
合上翻开的书

选　诗

这一天他选了46首扬尼斯的诗
问我还有补充吗
我把自己喜欢的10首发给他
他说：都加里
我为一种信任而高兴
这种喜悦，总是在闲暇时产生
可是，多年以后
我还是会说：
一切都太草率了

饮　马

下完雨后
这个清晨除了水声再没有别的
树下散落许多植物的种子
我深吸一口气
多情地望见远方
一个女人，一匹马
一条弯腰的河

月圆之时

我斟满一杯普洱茶
坐在茶台旁
想一个人，和一轮明月在某地

在眼前

在我和花坛不远处
一个女孩压腿，看手机
我以为是芹
可我再一看，又像是安娜
继续看，她是我认识的很多人
我一回头，她不见了
所有人都不见了
只有喷水池的水哗哗地流个不停
像山上的瀑布

不敢触碰的

迎面而来的人流
是时间的隧道
我在陌生人之间穿越到过去
一切是那么美好
脸上一闪而过的骄傲
让我十分懊恼
我习惯那些美好的记忆

不只在我走路时出现

背　影

小路两边是红色的枫叶

一辆单车缓慢地前行

她用背影向逝去的日子挥手告别

那是一个故事

像众多落叶中的一枚

树的前方有一片空旷地

草木金黄

她伸手触碰一下低垂的红叶

旷　野　中

阳光分出细微的金线

柳枝稀疏，大地还在冰封中

我多么想亲吻一下

脚下这热烈而深沉的泥土

阳光，柳树，石头和河岸都有我的影子

它们像我，我也像它们

我蹲下身体

向远方虚空招招手

有一种声音在微风中回应

陪　伴

躺在床上，计划一天的事情

上午要陪母亲打滴流

已经是第十二天了，滴两种药

中午还有个诗人聚会

这样，我将错过下午的跑步

当我和母亲来到诊所

开始输液后

我放弃了所有想法

坐在椅子上，静静地看一滴一滴液体落下

情　诗

说到青春年少，说到恋爱

和火苗般的初吻

他不停地回忆，像女人烧就的瓷器

大地写下的情诗（组诗）

◎春 七

玉 米

在秋的眼波下
沉沦，是宿命的归途

从懵懂到蓬勃，再到衰颓
任千变万化
挣扎的一生早已写就

单薄的躯体倒在原野上
轰鸣中震颤耳膜

剖开的肚腹
孕育七个月的金色光芒
冲破萧索

高　粱

用余生最后的力气
举起红色火焰

我在这里
向着遥远的天空诉说
我，已敞开怀抱

不用过多地纠结
漆黑的锅开始尽情沸腾

甑桶洗净，拌醅、发酵
换一种方式
与你演绎细水长流

大　豆

更多时候，相见
裸裎着跳跃在案头

粉黛乱了旷野的风声
取悦，丢弃
七月豆花八月青荚

任凭刀片转动
千锤百炼。命运之轮

开启，捧出自己
以圣洁，以温暖，以专一的热烈
献祭

土　豆

提起庄稼，原野有太多的绿
更多时候你被遗忘

把土地解封
戳破，稚嫩的娇颜
圆润的你依然沉默不语

切成薄片
或者粉身碎骨

成丝，成条，成块
千万种陪伴，不经意间
安慰疲累的角落

红　薯

目光越过山丘，眺望
远行的故人

他乡明月无边
谁与你度过荒年

贫瘠之地翻滚绿色浪潮
誓言随蔓枝丛生

呼之欲出的告白
更盛他年

穿过稻田就是春天

五百亩的前方，还有五百亩
五万亩的尽头，还有五万亩
穿过五万万亩稻花
还有五万万亩麦花

一生赞叹，花香更比花香
一生奔波在路上
一生匆匆忙忙，一生不曾俯下身
安安静静闻一束花香

阖上双眸，原野上有风路过
稻香在九月四溢
跳上稻秆，草蜢举起刀镰
遗忘在远山那边的春天，醒了

时间的光芒（组诗）

◎大　可

老　榆　树

那棵掉皮露肉的老榆树
收住泪，抚摸疼痛
数日后，伤口处慢慢长出新皮

树上雀跃的影子不离不弃
小小的肉身拼力焐热寒凉的时间
树冠如伞，听不到一声悲苦的鸟鸣

镶嵌在岁月褶皱里的事物
往来人世间
面对无常的处境，始终波澜不惊

时间的光芒

萤火虫提着灯笼引路
夜色中，野草越爬越高
爬到高处，天空就不再荒芜了

挂满人间野草的弯月
不再收纳你的思想
负重的风，渐露疲态

企图啃食时间的牙
在夜色中自生自灭
月光历尽艰辛，赶制温暖的光芒

时间的光芒
骏马一样带你一路飞扬
扬起的风声
至今还在耳边蝴蝶一样翻飞

父　亲

年轻时性子像格尺
直来直去
日记本上的文字，笔画铿锵有力

离开教室后，那些锄头，铁锹，铁耙
乖乖变成格尺，三角板

替他一寸一寸丈量土垄
齐刷刷的菜苗，站得规规矩矩

收工后的两盅老酒
雷打不动
把所有经过的苦，嚼成甘甜
淡定的样子
看不出一丝和生活搏斗过的痕迹

道 路 帖

一条路，人向前走，它向后走
日夜兼程，都没有停下来的意思
不悲不喜，不怒不怨

时光久了
重压下，道路现出一处处伤口
依旧默不作声，不见喊疼

即使偶遇弯曲，坎坷和羁绊
也阻止不了它延伸到时间深处
它坚硬的骨头，已长成一双双行走的脚掌

那么坦然
那么气定神闲
连裂开的纹理都那么相似
顺着每一条裂纹，都能找到家

静 夜

云朵用了一天的力气
产出一轮温润如洗的圆月
挂在夜空

一本书，一杯茶
一只猫
排在茶香里

我翻书的动作很轻
生怕一些厚重的词汇掉到地上
惊动天上天下安静的事物

蚊子拍手的声音惊动了我
合上书页
杯中悬停的茶叶和明月
以及那些凝神的事物
读书人的快乐，蚊子理解不了

记忆里的几个缩影（组诗）

◎段化宁

初　见

还记得白兔糖吗？
那时候我带着你
你带着羞涩
羞涩带着呆萌
不用诠释的清澈，懵懂

哪一些会更撩人？
伊斯美、锦瑟华年、满庭芳
哪一些适合初见？
美津、咖啡陪你、欧罗巴

多少人的今天从这里开花
多少人的明天从这里出发

隐藏光芒，做时间深海里的一条鱼
在蓝色的韵律里游弋

夜市的风依旧谙练、跳动
如同路边旅店的灯
在凌晨一点的时候
打开
凌晨一点的时候
熄灭
只有夜被泼了墨

三 十 岁

宝贝还没到来
十月是忧伤的快乐
想，没有被禁锢

婚约还没商榷
玫瑰花还没败落

太阳先从西边落下
从东方再升起

故居门前是花雕的厅堂
也是懒猫的梦乡

是离别时的跨越
是回不去的永别

北去的列车停停歇歇
瑟瑟秋风
是我在尘世的诉说

大学还没开始
假期就要结束
微信里没有叮嘱
朋友圈还没有朋友

美好的开始
你没有对我大喊
我没有对你失望
所有的困境
凝固了时间
重回了你

姥姥的家

我喜欢在姥姥家
吃姥姥做的唇齿留香的包子
姥姥养的花
开得自信，阳光，有朝气

我喜欢在姥姥家
抢姥姥坐的摇椅
喝姥姥泡的茶
一点一点浸入心脾

每次醉都在茶的花香里

我喜欢在姥姥家
寻那只领舞的萤虫
和那只求爱的青蛙

我喜欢在姥姥家
拽那头倔强的山羊
踢那些颠簸的笨鸭

可是有一天
姥姥家的花谢了
青蛙也找不到它的家
山羊的胡须沾满了枯草
那只笨鸭
它丢掉颠簸的步伐

那一天
姥姥不再变老了
只剩下我的思念
慢慢变老

春

桃花的热情是涨红的脸
杨柳的放荡是破蛹的蝉
雨水太少了
雷声太响了

少女太美了
孩子太闹了

然而
这个世界
在你的睡梦中
又开始发芽了……

牵　挂

没有人比自己更能了解
说出的话的
真实意义

没有人比自己更能透析
释放爱的
真实距离

死亡不是消失
忘记才是

愿你的内心
从昨夜凋敝
从今晨出发
愿你的内心
仍有牵挂

父亲的青山，母亲的旷野 (组诗)

◎关英贤

结　构

坐在土地与日子结构空白处
听母亲纳千层底的迂回
被西北风压成了低吼

青苗与雨的罅隙里
又被荒芜的饥饿所占据
母亲又因恐惧而丢失
一小块自留地

千层底踩着
翘首企盼的毛毛道
像落尽灰尘的泪痕
暗色的，移动着旷野

光 芒

布谷鸟在能听到的地方
告诉弯腰垂向大地的农人
"快快播谷"的年景
将生动的太阳喊满欣欣向荣的春风

万物复苏，虫子咬空了身体
轻松如同一支吹响韵律的箫
活跃森林的草丛里
天空顿时就多一双崭新的眼睛
还有，一枚枚青翠翠的松果

密不透风的叶子
把村庄包围，水泄不通
虚席以待空房子
学会古诗词的凝练，于是
房屋里充满了古香古色

合辙押韵的波澜听到故乡河流内部
越来越多年轻的走向
返乡带回新鲜事物长满山岗
打开封存已久的期盼
父亲终于接住荒芜土地在春风路过
农业示范园所折射出的光芒

斜　坡

晚来风，吹散斜坡上荒芜的孤独
曾为漏风日子奔波的双手
像蚯蚓一样翻动昨日的石头
撒落今天生机勃勃的风中

父亲手里锃亮镐头的高度
超越躬身耕种的身体
在别人进城养老生存法则上
依然同布谷鸟，沿着斜坡缓步前行

谷子，将父亲与腰椎斗争
写满日历，每天都在撕扯疼痛
在季节削尖的影子里给秋霜让路

父亲扛铁镐的肩头扛起
蓬乱的黄昏，从斜坡上走下来
加重加粗的脚印撑起，整个夜色

父亲的青山，母亲的旷野

父亲躬身，在土地里翻出惊雷
母亲躬身，在惊雷里翻出雨水

翻山越岭的石头
聚集这忐忑不安的山坳

啄木鸟敲碎腐朽的年轮
父亲手里铁锹像翻身的丘陵
抓住栩栩如生的森林
该有的高度，该有的幽夐
都接近云层

一只闪电似的松鼠
瞬间拧开带有鸟鸣蓬勃的枝叶
蹒跚的落日，蜗牛一样
缓慢蹲在山下。父亲走上山脊
把春天，挺了又挺

满目疮痍的荒原，被浸透在
母亲从惊雷中翻出的雨水里
撒欢的种子，踩着旧草
在太阳必经之地长满构思精致的翅膀
河水支开冰冻的词汇
收拾好心情，围绕村庄
仿佛母亲用旧的炊烟重新点燃
劳作浪花卸落岸边
垂钓绿油油占领的旷野
越来越多想象在太阳光板路灯下
把乡村弄得金碧辉煌
夜晚，是唯一的缺席

父母从面朝黄土背朝天中
找到盎然。摁不住的生机荡漾
形成一脉词语朝露的辽阔

风坐云端，阳光把自己观点
融入春雷和闪电，生生不息

折叠的岁月

这张黑白老照片右上角
不小心折叠出岁月的痕迹
似乎是平仄泥泞的土路
疼痛中，抱紧牛蹄卸落的重量
摇摆的庭院如同虚构，四季风
就那么轻轻地一吹庭院就空了

繁荣不断建设饥寒交迫的日子
太阳能的路灯，明亮盛大
从黑夜的雾气里递过来
深刻扩大自己的边界

村村通两侧的风景树
荡漾芽苞宛若萤火虫在交谈
油画似的村庄，打开折叠的岁月

诗 五 首

◎韩东林

拓　片

一张纸　先是空白　柔软成史前的样子
只有累积的尘埃　在我的想象中漂浮
然后　逐渐接近一段时光
接近历史的一部分剪影
石头没有语言　但有记忆
一张宣纸　就能从石头的记忆里
挖出血肉　挖出刻在灵魂里的风声雨声
并将历史压缩成　一张纸的厚度

墨汁和血肉　都会风干
但刻在石头上的痕迹　不会消失
有那么多的名字　可以留住灵魂
甲骨青铜　碑刻墓志　摩崖造像　钱币画像
或者有石头的沧桑　或者有金属的光泽

而我　只钟情于一支铅笔
别在岁月的袋囊中　偶尔涂抹一番
就将一些传说　拓成丰富的传说并令我景仰

竹　简

从厚土中生长的植物
从民间　掠到宫殿
在皇亲贵族的手中展开　山呼和跪拜
曾经的空　便是一种假象

它落地生根　居高临下地俯视黎庶
也吸取文化的精华　并用坚挺之躯
任墨客骚人　将文字嵌入体内
留住　那些血肉和灵魂合体的时光

从厚土中收割的植物　又从宫殿
返回民间　行走于烽火中的驿站
便有一种排列　叫作尺牍或家书
这古老的命名　至今也没有失去光芒

或许被尘封于传说　回归于厚土
或许　焚身于烽火的啸傲搏杀　简而不简
即使那些最后的灰烬　仍保留竹的精神
让读过的时光过客　始终充满敬意！

皮 影 戏

情节生动的影子　从灯光中走出
亮布隔开真实
一声声高腔　惊得众鸟飞散

没有血肉的角色　彼此打斗或厮杀
生旦净丑　轮番登场
丰满的表情　来自一双双手的操纵
换一个皮囊　将另一个灵魂包裹起来
在亮布上复活
这是最真实的涅槃
是一场戏　剖开艺术的内壳　亮出光芒

看过、悲过、喜过、忧过
亮布落下　一切都会跟随影子消散
而很多的皮影戏　不会落幕
还会在我们的生活中　以各种形式
真真假假地轮番上演——

唐　卡

大漠风刮着刮着
就停留在
乌钦·次仁久吴大师的胡子上

藏族大师的笔

涂染上落日的浮尘
在布达拉宫　所有的浮尘
都具有佛教的色彩
一如转经筒总是摇动一种敬畏

转经人的目光　早已穿透世俗
避难消灾　积累功德
而大师以壁画的形式　给历史调色
让唐卡上的信仰　成为永恒

无论是顶礼膜拜　还是潜心修行
身处于虔诚的唐卡世界
心　就自然纯净空灵
如罗布林卡上空那朵圣洁的白云

晋　祠

从悬瓮山的风声里
依稀能听到　梁林月下的情话
绕亭台　穿过潭水中的古榭廊桥
绵延至今　循一袭原香
将情爱之美　融进晋祠的初静之美

萧疏的草木　是晋祠经年的卫士
不会让后世的尘埃
玷污晋祠精致的魂魄　刚毅的骨骼
仿佛圣母殿前左扭柏　周柏　唐槐
向时光的过客　展示最自然的神奇

渴望聆听　八条盘龙的千年吟啸
吞吐风云　生成世间的正气
也让难老的清泉　日夜不息地弹拨心弦
这悦耳的传说　和晋祠的风骨
都告诉我　晋水淹没的只是世间的过客

从悬瓮山的风声里　也能听到
诗仙李白的赞叹："晋祠流水如碧玉"
那些漂在水上的楼阁寺宇　廊桥亭榭
让一个立体的晋祠　在历史长河中
书写朝代的沧桑　世纪的沉浮——

雪花（组诗）

◎鲁　斌

1

与你漫步
雪花是天鹅绒
温情弥漫在空中
暖流浸润在心底

掬一瓣雪花
那是永世凝结的冰魄
清澈至纯
洁白如玉

月亮在雪色中朦胧
星座在阑珊处私语
噙一颗冰糖草莓
雪花的夜如梦如诗

若你是长冬的精灵
便是我一世的情诗
在这灯光炫彩的夜
沉醉是心畔的虹霓

与你漫步
天鹅绒已铺满大地
宛若心形的足印
伸展向天际

2

我愿是雪花
任你揉成万般花样
只为你留一点心香

我愿是雪花
纵使雕成雪像
也在冬日里为你守望

我愿是雪花
是温情织就的天鹅绒
不惧那千里冰霜

我愿是雪花
愿凝成天使般的冰凌花
清晨便贴近你的窗

我愿是雪花
拥抱成漫天大雪
我和你、天与地都一般模样

我愿是雪花
纵然春日如殇
仍做溪流为你歌唱

3

别去，只见你的背影
偶回首
心如雨
天茫茫

桃花如许
春日如殇
纵然相见
送别，却隔路相望

也许
只隔那斑马线
车流日夜
一个在这边
一个在那边

4

瞥见你的影
你在车上
我在站台
车倏地离去
我在思念
而你
浑然不知

5

朋友说一个梦
那曾经的田垄
曾经的锄镰
曾经的树木
和曾经的爱恋

今天，无数的曾经相聚
四十年的情感
在一瞬间释放
泪水在心
欢笑在脸

可梦依然
田垄的激情
无数的曾经

如夕阳和烈火
只是，曾经的我
只有白发
同山间的白雪

我非从前
只是白雪依然

6

你来了
天飘起了清雪
谁让回忆成为今天的主题
莫非那飘雪的岁月

你的明眸
是冬日里的阳光
在荆棘的山野
是一首放怀的歌

在最冷的季节
在冬河里破冰浴雪
捣衣声里有艰辛
更有纯美和寄托

难道记忆的长河可以消融
难道不变的初心可以弃舍
四十七年过去

依然是不变的你我

青春是朝阳
而晚霞是最美的姿色
尽管眼窝略显浑浊
但心无比清澈

无论春秋冬夏
有爱便是最美的季节
向晚，雪花也翩翩起舞
心宛若雪花一朵

门

◎吕素庆

那扇门，隐匿雾中
被四面高墙禁锢
斑驳的纹理，散乱的瞳孔
锈蚀的门轴
一只红蜘蛛忙着绣红

那扇门，被倒灌后
装聋作哑，假痴不癫
拍死了蚂蚁的巢穴
被老鼠，蛀虫，蟑螂咬噬得漏洞百出
忽地，飙立于天地之间
遥控北斗七星

面对这扇门
有人选择翻墙而过
有人顺着墙根走
有人攀上墙头采花摘果

有人隐身墙中

我固守着这扇门
缝隙处，窥视那条通幽小径
一只脚探进去
脚踝被卡得红肿
我站直了身子，四面墙闪晃起来
而那扇门，识别不了我的脸

春月追花（外三首）

◎文 彧

春月追花

扭动妖姿的春姑娘

回眸一笑，让我发现了

羞涩的媚格外暖

是否，也被他人看到

吊带与裙裾

嫩绿长得疯快，裸枝似露非露

掩映饱满与丰腴

丁香涂上最后一抹脂粉

在布谷的合唱中

依旧春色盎然

顾盼流离，满眸微醺

我的花衫缀满落英

扮成追花少年

一路奔跑

生怕赶不上
新娘抛来的缤纷

蓝

喜欢蓝
天空，大海，布鲁斯
如果有幽幽的橘光
也要嵌在蓝色丝光的表面
如果有跳跃的烛火
亦把目光锁在根部那透明的蓝焰上
那情景
恬静，与尘世无怨
看似柔软懦弱
但灵性就像自身的波长，虽然很短
却有惊人的穿越天性
梦想
就算暗淡
眼帘里
也是淬了火的坚挺
衣衫仍旧湛蓝
蓝，不追求快乐
却能达到快乐的极端
她的独处
也许破坏了人们的审美
破坏了趣味与习惯
但她终极
抵达本体层面上的纯粹

欲与爱的本真
亮出
灵魂深处那一点点的蓝

夏天，从一杯谷雨茶开始

杯中的茶
挂着谷雨的标签
争先恐后爬向杯口
那么快地就袒肩露膀
春天给她所有的美丽
倏地在水里泛黄
难道她看到了
提拉米苏
早早摆到了杯旁
吻，轻轻地贴过去
她的脸很烫
可仍要低声耳语
美女，矜持
还有整整一个夏季
供你编织梦想

爆 米 花

岁月流逝
不见有皱纹在你的脸颊
风侵雨蚀
隐约触到你已生有老茧

即使这样
也不舍得把你葬去
有些久了
担心你的轮回
无法冲破掩埋
在地下
真的只会朽腐成
别人的食粮

命中注定，止于生存
唯有砰的一声方可做证
虽然身败名裂
却身宽体胖到灵魂出窍
庆幸你从火热中挣扎出来
只是，冲出禁锢的刹那间
一袭洁白的婚纱
如昙花一现
最终
依旧是别人的零食

新华字典

◎徐若乔

封皮上的这四个字
起早贪黑
白天一动不动

它们没法去食堂
只能点外卖
没法打瞌睡
打个哈欠
都能把书页吹翻

它们
和目录、元素周期表
是邻居
视错别字
为敌人
更喜欢和字帖
一起逛街

用最清淡的声音（组诗）

◎徐向南

入夜，我们便读一首诗

打坐时
想到那天
坐在都江堰山头
小庙檐下
点上不知几盏红烛

双手将自己的身体散落
迎着堰口的风
吹来打去
无声归于原点
我们对读　一首诗
证明　尘世还在

窗外无佛寺

青灯　窗外无佛寺
落地而坐
捻指　心在物外
缄默
水自触发
逆流而来
茶盏微热
明早无人来

用最清淡的声音

用最清淡的声音
无酒、无竹　也能成诗
一支自春天而来的筷子
拨动了画外的江湖
无风、无浪
鱼也跃波而起
风浪自呼啸而来

七七的叫声
似呜咽　似呼唤
似证明存在感
此起彼伏
氤氲向氢气球　自下而上
堆砌成一道道介质

在声音之前
介于表达之间

品读一首诗的过程

去一位陌生人家观光
我提着一篮白菜
上面嵌着一张卡片：
今天起关心蔬菜
预演着主人家的热情迎客
其乐融融　主随客便
主人家抱着白菜　眼含热泪
将卡片上的句子读成经典
作为回报的　赠我
雨后的新瓦　瓦下的麦田
麦田上那匹父亲留下的小马驹
我不能拒绝
这是为客之道
只能用逻辑再捕些漏网之鱼
将盛情的戏份做足

预演过一百次
总会遇到些特例
偶尔遇上个半掩的柴门
踏进去便进了迷宫
不得不与主人家来一场游戏
游戏无输赢　耗的只是那棵白菜
偶尔也会遇上个无主的小屋

真的无主？
只是不期待你去
去不去，对人家无意义
这最让人抓心
浪费了个苦心经营的好天气
以及一棵情感饱满的白菜

词语不达

你俯身下去　头微抬起
躯体尽量低到地面上
我就知道
你即将向我奔袭而来
人称里缺了一味
则让此成了定局

街道、落日和小群体
于概念之外全部失效
我用落俗的老话儿
一层一层将自己包裹起来
词语不必达意
词语关照写诗人
地板、猫砂、小日子和山前雨
摩擦　回归声的本能

共　振

这个夜晚的璀璨

自你开口时起始

如流星划空

藐视一切意象

也打破逻辑

短而精

一帧一次震颤

声音最清淡

淡定地推开一切字句言辞中的阻碍

薯片断裂

余味升腾

山 外

◎于术芹

十里外的风
吹动着花事
粉红色的那个嘴巴
羞答答

蜜蜂打扮自己
燕子穿上燕尾服，很优雅
去游春
探听大自然的秘密

小草偷听了蒲公英的心语
弄乱了荷塘的诗稿
山后，堆了一地思绪
柳丝轻轻守候着堤岸
那对蝴蝶飞过
可有山伯对我的相思

山外的故事
撞疼了我的呼吸
湖畔的风最解我风情
能否把我的韵脚捎给你

诗在旅途（组诗）

◎于雅欣

遇见刘家峡

身后的背包
一半是我的咳嗽，一半装有
刘家峡的孤寂星辰
我们相互打量，渴望倾诉的眼神
落有千年的风尘
细微处的顽石
被旷日持久的憧憬
静静洗刷

夏天像件赝品，知了
推一推就晃动。我和大坝
都等着对方，在生命里贴上这一年
这一天

唐克，九曲黄河第一弯

巴颜喀拉山扔出的长鞭，阵痛
回旋在河水与山岩撞击里
我从未对一条河流这般深情
温良的美，巨大无垠
不是潘多拉的修辞可比

我的目光仰视到
海拔4500米的主峰
风，清凌凌地顺势而来
像万匹倔强奔驰的骏马驾驭着时间
我只是马背上临时的骑手

雨夜宿迭部

风吹落了花开的念头
草原更黄了
留在西秦岭、岷山和迭山的名字
风，吹不进石头

春天和秋天在此不停更衣甩袖
路过的我们
像是为了专门淋一场秋雨
特意记住某些人。好让天
露出更辽阔的天空

这一夜
我捂着厚厚的棉被入睡
而，梦境里雨水捂着更厚的被子

若尔盖草原

天空像从未邂逅过尘世
草在草原里
被风一页页翻动

风吹来
云绽开
栈道
也是梦乡。那年、那月，我牵着
一个人的手走过

傍晚的霞光

它一出现，就像一个发光的橘子
老年人能吃
年轻人爱吃
旅行人，方便吃

我奔驰在长深高速
想着日复一日地衰老
哪一瓣先被剥离，哪一瓣会藕断丝连
哪一瓣，最后支撑
这不可抗拒的人间

云 水 谣

长教溪边
我偷偷攀枕在它的腰间
枝干，盘根错节
试图从青苔墨绿里
抓住生和活的辙痕

梦似的沉浸
水深处
蓝色的云朵，唱着歌谣
一遍一遍
穿过身体

这 场 雪

这场雪，是雨后开始的
我试着打了一个相约出行的电话
"别等明天了，立刻出发！"
这让我很激动

那些丢失的炊烟
那些瘦弱的街道
那些绝望的落日
和我一样

等这场雪

清清澈澈
沐一身白

洛 阳 桥

我不知道一块条石可载多少风雨
至少现在
被船型桥墩承载
被重重海蛎裹挟的风
不遥远

一个人去洛阳桥
桥不长，时间很长
站在倒影里，幻想
白鹭一样，溅起
很多水花

风 将 至

风将至
冰河开片
与雨巷
女子撑伞的声音
混杂在一起
向日葵还没来阳光下
一个叫"阿尔丁"的卧室
又挤进
丢失麦田的一家人

星空蓝黑交融
壁炉前几个喝茶的身影
在交谈

遗忘在军营的肩章

◎丹　宁

青瓦红墙你还记得吗
整齐的军营你想念吗
遗忘在那儿的肩章你可曾梦见它

起床的号角吹响了
豆腐块似的被子叠好了
你的梦醒了吗

十八岁的记忆成了永恒的佳话
父母送行
你披挂红花
遥望车厢里远去的娃
父母满眼泪花
从此你展翅飞入军营
这个大家

初入军营的那一刹那

你只崇拜闪闪肩章这朵花
难道这就是我的了
我不是做梦吧

为了这朵不败的花
你摸爬滚打
为了这朵不败的花
你努力读书
不负芳华

为了这朵不败的花
你飞速长大
为了这朵不败的花
你只爱大家
忘了小家
忘了妈妈

几年过去了
你成熟的面若桃花
几年过去了
你威武霸气
成了一抹艳丽的霞
几年过去了
你俨然已经长大

军营不是永远的家
摘下肩章还给他
你的心里流出了泪花

你的眼神坚定无瑕
告别的那一刹那
谁能放得下
铁打的营盘流水的兵
这就是你无悔的芳华！

菌　团

◎刘浩涌

长出了一颗乳牙的小菌团嗷嗷待哺

那天她从产房被推出来
粉嫩的小肉团
护士允许我凑到跟前闻了一下
暖暖的　甜甜的

她是我今生唯一的传承了
慢慢长大
像两个大蘑菇伞下的小蘑菇
找自己的阳光
一会儿跟妈妈斗争要拉黑
一会儿跟爸爸斗争正屏蔽
让我们严肃地意识到她是独立的个体

但不管怎么样
我有时无所事事地坐着

就会想小肉团趴在爸爸肚皮上睡觉
尿了我也不敢动
温热得会让我自己笑起来

一米八一是个大美女了
她不知道自己微信的备注名一直都叫丫蛋儿

静　物

◎马　强

十几年前
女儿用画笔
反复涂抹，雕琢
让我接受了一个词：静物

停留在纸上的颜色和温度
被目光和日光裹挟
落了西山，又升了东山
哗哗的流水，把韵律铺在梦里
草长莺飞，青绿挂在梦里

我暗自庆幸有了声色俱佳的梦
月光浮动，我们的呼吸
都变得很轻很轻
直到骨骼伸出了梦境
直到叹息高过了仰望
在地平线的那边

总会通过一个气息找到你
我总爱说：打扰你了哈……

如果说打扰，那也是你率先
打扰了我的命运和归宿
让我渴望探究生命的纵深
为此，常常联想到我的父亲
从翩翩少年，走向黄昏
夕阳下把自己坐成静物
似乎是在等我的画笔

今夜，时间依然那样守规矩
看着雕花地板上堆放的衣服
我倚在床头
又好像和床无关
写字台上的书伴随着
北方的冬夜陷入沉默
成都平原的灯火悄无声息
被月光端起，又轻轻放下
这些层次分明的颜色和温度
都是那么静

樱花归来（组诗）

◎齐凤艳

樱花归来

一滴水眨了一下眼睛。香气
在风的长袖
一滴水深呼吸，然后迷醉
一整条河，无数嘴唇翕动

那淡粉、浅白，那柔瓣儿和嫩蕊细软
"樱之花，我珍藏在心的美人
她衣袂翩翩啊"

怀念：你的影的轻绡裙子
泛起涟漪，抚摸你的面颊
腰、腹、小指：迷人事物如镜中花

"樱，今天又可以拥你入怀了"

时光与梦皆被装扮，汩汩的一簇簇
一只蝶由水诞生，飞起
翅膀扇动，回应枝头芬芳的
呼唤：爱呀，爱着

樱花树前

樱花倚春，白纱裙女子立于一旁
风在叶丛，在花丛。风在发隙，在裙裾
灵动与娴静，繁盛与苽子
从此中轻翻出彼，从彼中慢品出此

"你是春天，我愿是一只铃，倾听"
丝丝缕缕，枝头袅娜芬芳
飘逸，朵朵樱花给她的拥抱
"我是你前世的亲人"

馨香亦闪烁，大地孕育的梦
太阳为其镶金音
和玉韵，千年前那只鹤的鸣叫掠过枝头
花繁如雪，澡洗风物精神

粉红是枝条藏匿在心底的蜜
是坚韧的柔软和柔情
——她受领词语，她丰盈
"我的河水清澈如故，波澜泛起
给你们荡漾的影"——她的新使命

樱花林里，你一袭淡粉地走来

樱花海淡粉，细浪扑面
涌来，涌来，淡粉的一团又一团
春潮带香息至，伊人归

樱花朵朵是隽永诗句，故国之恋
枝丫横斜为字外风韵
古典气质寄寓在墨痕浓淡
春晴，湛蓝醉花醉人亦自醉

樱花有婴儿唇粉嫩，有皓齿
风拂蕊时听见婉转的歌
闪闪的晶莹

伊人已走远。花被阅读过，花不寂寞
如寂寞，那是思念的一部分

落樱纷纷

落。天光瓦蓝，物物清明
樱花粉润眼波流转，多少情与思
小柄、花托、花瓣、蕊
牵着手，贴着面颊，挽着心

为你秀发添一支蝴蝶钗，它将在我的歌里摇曳星子
你玉臂引来蜗牛缠绵时，我的肌肤也感知到那濡湿的软绵

你唇边一滴雨珠映着我的笑，我亦从中窥见你的爱恋
落。小柄、花托、花瓣、蕊，一起
落。那些美好的日子是共同的记忆

一朵朵铺满山坡，大地的花衣
绽放与飘落都绚烂
在枝头就是被大地举着，它宠爱它的孩子
此刻与母亲依偎，离它的心跳更近

落。入大地的怀，被大地吸吮
越亲切地抚摸它的脉搏，越能追随
它血流之羽翼的振动与翱翔
向着大地进发，是重生的准备
是另一种，升腾

我要在你的脸上写诗（组诗）

◎十 鼓

我要在你的脸上写诗

我要在你的脸上写诗

写乌云后的太阳

写你的念头和你心中的月亮

鸟像车在空中离开

它从不说话

并没有在离去前说出

将要去到桃花枝上的喜悦

说出在自由翅膀下面的两个人

在梦里待了一夜

大海嫉妒翻滚

蓝天清理了失去敬畏的垃圾

理想之地贫瘠

两个人齐声喊出祖国强大后拥有了彼此

是的，我就要在你的脸上写诗

写出茶水旁边的键盘
不去看那等待打印的白纸正微风摇动
我的心早已化作鲤鱼游走
昨晚发来照片的人
她害怕我的拥抱

与你对视

我喜欢与你对视
只是一瞬
就有我八百里桃花红
就有我大群蝴蝶的春天

而我不知怎么就想到月亮
千古以来无论怎样吟咏
有些情从没有交给过它
总有绝望的月光倾泻一地

就像现在这雪
你我何尝不是薄薄一片
芸芸人世万物皆是只来一次
然后就没有然后的
永远

你
不要走得那么快好吗
那雪深处
是没有回头路的

天涯

我愿在心里种下一个你

不在春天彷徨
只在春天希望
月再圆也不知道人间的冷
高贵总是和罪恶一起享受善良
快乐的灵魂却与戴罪之身同处昏暗
我们看不到石头老去
只看见它装饰了房子
它渴望被丢出去做真正的石头

现在我喜欢结束痛楚和不安
还有孤独，还有隐藏的真相和侵害
我太了解泥土之上发生的虚荣
我愿在心里种下一个你
可以让我放弃尊严
使回忆饮酒而行
绝口不提后悔的事

我只愿在心里种下一个你
从此天南海北我只认得一朵花
就是你

来人间和你相遇

来人间和你相遇

不谈成功还是失败
只谈人间片刻的看见自己
只谈那条长椅
你的发香和我的火焰
还在夜中歌唱

我也为你
去那吹凉的樱桃里
回忆水边的家园
太阳的火有温暖的悲伤

我也为你
化作蜻蜓水中飘零
飞过明月
听见思念悬着不走
理想的荷花盛开在黄昏

我也为你
有了秋风和白发
有了浮尘对空寂的渴望

我也为你
在大风雪中
和时代相逢于懊悔

回　味

回味一生

除了你似乎我真一无所有了

左边肋骨下不时有疼痛发胀
谁能从我诗里发现死亡的奥秘
恐惧从没离开我。我却害怕离开你

其实我体内有一个珍贵
我有一条春天的河流
尽管离开三十年还能听见它流淌
听见母亲在对岸路口唤我小名
只有那里阳光让我感受懒懒的温暖

现在你就像故乡东大河给我倚赖
想你我就悄悄眺望。我的悲伤和欢喜
多么渴望我的一生
从开始就和白雾的羊群留在那里

我这浪子啊
被生活碰到头颅后
只剩下良知和越来越多思忖你的心痛

春天还没回到北方

黑夜可是你，我愿是你
这样我会夜夜不睡，就可以恐惧忘不掉你
想念星星，把泪花洒下来

那栏杆也是你，你在那里站过

喊过我名字

春天还没来到北方，河堤的柳树
只要河水流动太阳的蝴蝶，绿色火车就拉满
散步的人
那人群里有我，喜爱春天就如喜爱你
边走边望好似你在前面，孤独的脸庞看向我

而这些你不知道
就如同不知道你孤独的脸庞正看向我
目光相遇一瞬一声鸥鸣撞了我，海颤抖了
忧郁
又缓缓不舍地流去

玉　兰

一树花开，一树扬帆的海
不知道是不是银河掉落的美
我知道那是泪水的露
作别的人化作鸟盛开为玉兰
在春天重新返回
悲伤啊，留恋

我也知道太阳就要一触即发
掀开迷雾
通牒所有的花朵一夜发声
春天的大事
要让离别和怨恨做一场和解

我有些寂寞和忐忑
把风送去有风的地方
抱着一朵云在等你笔迹清楚地写出
那个一直用痛苦涂改的
爱

因为你，我已泪水模糊
我许你与我共赏一世银河
我许你和我一起把人间照耀

守　候

我守候的是云
是雨雪和雷
雨雪要下到街上空无一人
雷要响到马的灯盏熄灭

我之守候
除了想要云磨刀一样干净
火一样留下一片灰
还要和荒凉的远方一起
落下天空化身为夜
安静中银星满天

这些都是因你让我观赏不已
让我在寂寞与清醒中不再怨恨
你在我心头小坐一刻

我就原谅了自己半生的哀戚

春天有雾

其实乡愁就是相信一切
相信有你在的钟情
雾发出滴答
阴郁正刺碎我找你的道路

不懂怜悯又何须一见
不懂春天那就吹灭月亮

雾凉凉的肌肤
像你的手蒙住我的眼睛
其实你的影子是我的黑暗
河水不断流淌和埋葬
你要做雪山打开自己
放出山楂的太阳

这都是雾带来的遐想
我在春天的寒冷中努力分辨
一片云要跳下吉祥
要捕捉凄凉
像一张纸突然涌出泉水

其实你是我春天的泉水
是我撕开雾的雨珠
你不是雾，是一片绿天

你是一片泼溅的海岸孤独的眼泪

你是徘徊，是沉思
是我疯狂锁住的甜蜜的嘴唇

虎

◎张　俊

下雨了。泥泞的事物在泥泞中
陷进一个人的足迹

他们在追逐她。她可能始终无法走出
自己的困境
也无法正视那扇门

她在门上，看到一颗滴着血的牙齿
她想象门外有一只
手，在抓向她
在撕开她的呼吸

她猛地坐起来，梦就醒了
梦里的人，都是恶毒的，是扑向她的
一头头猛兽

她起床，想拧开台灯，但是没有找到

那个熟悉的按钮
她的房间被一种安静笼罩
她抬起头
有一双眼睛在
凝视她，在默默地退后

那是一头真正的虎
是她对生活，巨大的恐惧，是她自己

假如我有一个院子

◎周 兰

假如我有一个院子
春来时
我会播下月见草、二月兰、薄荷和薰衣草
每日浇水
偶尔施肥、除草、捉虫、修剪枝条

我要在院子的四周种满不带刺的玫瑰
让芬芳的花朵
留住路人艳羡的目光
要是有人喜欢
摘下几朵送他也无妨

等小院开出五颜六色的花
我会给卧床的病人送一束
让带着阳光的花朵
照亮他们幽暗的面庞

我最想在院子的中央

种一棵梨树

让雪白的梨花

辉映皎洁的月光

夜里

倘若嫦娥乘月光下凡

我会陪她在小院里走走

告诉她

我的秘密花园里

藏着后羿射下的九个太阳

藏

◎蒋光玉

把你藏起来
藏在我一个人经常待的地方
没有人知道这里
没有人想到你会在这里
我把这里打扫了一遍
铺上厚厚的干草
准备好够吃一辈子的粮食和水

这里安静，温暖，没人打扰
我不告诉别人你在这里
风找不到你，雨找不到你
一年又一年的寒冷找不到你
每天就我一个人去看你
给你讲好听的故事

这些年你一直走在没有尽头的路上
你看到的树在春天和冬天

没什么两样
雨或雪穿过凌乱的枝叶把你湿透
你想找一个温暖的地方躲一躲

我把树砍了做你的柴门
把不像样子的春天和冬天挡在外面
你就在这里好好睡一觉
我不告诉别人你在这里
等一会儿我就回来

塔

◎刘　春

我坚持初心的模样
不怕被人遗忘
我履行千年的诺言
独立站成信仰

为了欣赏一处美景
我自己成为风光
为了升华一个灵魂
我自己走向仰望

无论城市还是乡村
热爱或者不爱
我都保持永恒的姿态
无论善男还是信女
崇拜或者不拜
我都敞开宽广的胸膛

我在山巅永不倒
平凡或者不凡
不惧风雨　瞭望远方
我在坊间扎深根
腐朽或者不朽
感受疾苦　守卫善良

岁月流转　我的砖瓦
幻化历史的秀发
红尘滚滚　我的栋梁
成就山河的波浪

我坚持初心的模样
不怕被人遗忘
我履行千年的诺言
独立站成信仰

停 电

◎郑　春

停电时我们躺下来听故事

黑暗正好可以

烘托出恰当的氛围

故事要神乎其神才好

越荒诞才越正常

都是些书上没有记载的段落

古旧一直会带来新奇

黑暗是多么完美的纸张啊

可以让我们

在上面随意涂画想象

直到一切安静下来

直到月亮挂上中天

它已是村庄里唯一的灯盏了

却能把每个梦都照得通亮

此刻月光又把屋子灌满

我瞪着眼睛用力想

还是想不起那些故事中的细节

就像我在黑暗里不断划拉
却怎么也碰不到那根
悬垂的灯绳

我对一块矿石情有独钟（外一首）

◎关振学

我对一块矿石情有独钟

用颤抖的手
和一生的执着
捧起一块铁矿石
它的颜色和重量
和父亲当年掂量的那块矿石
一模一样

矿石棱角分明
又默默无语
像一生缄默的父亲
我端坐矿石旁
往事在山间走走停停
一座山搬到远处
像一些事物有些模糊

其实，我身上的一些伤痛
也跟这些矿石有关

父亲的那炉钢水

父亲那年进矿
这座铁山还很挺拔
站在山上的父亲
凝望钢水映红的天际
舒展的笑容像一块黝黑的矿石
那一炉炉钢水
让父亲肩头感受沉甸甸的使命

矿石在父亲的掌心流淌
像心中涌动的铮铮誓言
多少个被汗水浸透的日子
那炉钢水总在前方呼唤
父亲奔走的脚步追随钢铁的节拍

走在铁山的路上
我总感受父亲执着的目光
心中的那炉钢水奔流不息
而钢铁让我的步伐更沉稳有力

索图罕林场的记忆

◎归 郎

索图罕的冬天不缺刀
西北风格外锋利
刚刚斩落最后一片枯叶
麻雀就飞上枝头，添补空白
扑腾是另一种灿烂
适者生存，羽毛变得更加臃肿
这些顽强的精灵
在广袤的雪原上跳跃
推开柴门，屋檐上的积雪
瘦成了一排冰溜子
倒悬之危，竟然也透露着晶莹
如果折断，或融化
春天就会缺少一截尾巴

夏天，对你说（外一首）

◎继　才

夏天，对你说

当一只黑色的蝴蝶
折戟在隐喻的树影里
风从柳枝间穿过
那些词语聚拢来像波浪翻卷
撞击着我平静的内心
日子在平淡中重复
爱夏天的每一寸阳光
大地上一切生物
在你炙热的怀里生长结果

黑夜中的思考

谁一下子擦燃火柴
黑夜睁开眼睛

一场雪又一场雪试探着冬的冷暖
那些北方的鸟
从没有离开过家园
总是蹲守在门前的柳枝上
路边的工友
从不羡慕外面的世界
他们聊着不着边际的生活
却十分开心
时间一刻不停追赶着死亡与新生
在寒冷的早晨你悄然离开
匆匆的时光还在路上
活着的生命还在不停地奔跑
等着太阳照亮每一个角落
花开花落便是一生

生锈的铁轨

◎田 力

秋天的时候

野草由着性子长起来，个子矮的孩子

会被藏得不见踪影

工厂区的人知道一百米长的残破铁轨就埋在草丛里

那里开的花

都是

排着队的猩红铁锈花，有一条踩出来的小野路

钓鱼的人

肩膀扛鱼竿从那里慢悠悠经过

我们有时候

能找到这条铁轨，坐在上面唱歌，有时候

拿着木棍踅几遍，但就是找不到它

仿佛

它根本没有存在过

迷 迭 香

◎王登科

没见过三桅船以及映着鹭影的海
我来自二十世纪的中国平原

忧伤的苏格兰以及欧芹、鼠尾草
莎拉·布莱曼的气息夹着晨雾

穿针引线，姑娘缝补
不知那位少年是否配得上她

风，吹起过你的麻布衣衫
我们已隔阻了八百年

在高山和大海之间
在爱意和波浪之间

那里有明媚的堤岸
还有，我的爱人

斯卡布罗集市远吗

什么叫迷迭香

我少了一把钥匙

这个春后
小雨深深浅浅
匆匆时光，来不及细品
左手边，右手边

风，带不走沉郁
雨贴在旧门上
我蹒跚着关上那扇窗子

才发现，我手里少了一把钥匙

春天的故事（组诗）

◎刘　伟

一串鸟鸣穿过林中朝霞

北归的阳光，掠过头顶
返程的飞燕早已迫不及待
酝酿一场波澜壮阔的春宴

春汛在垭口张望
风一吹，消息不胫而走
雪花再也捂不住风言风语
久违的思绪，纷至沓来

阳光匍匐在大山的肩头
疏通体内每一条经脉
当朝霞的光线穿过林子
会有一串鸟鸣，挂在枝头

谷 雨

布谷鸟，从不带私欲和杂念
无论这天下不下雨
它都会放下自己的羽翼
把忙忙碌碌的日子
擦洗得干干净净

其实，每一个节气
都十分敬业和包容
从不留恋沿途入目的风景
只为青涩走向成熟

当你走进四月，你会发现
炊烟牵着牧笛和鞭影

看老牛，如何犁疼
山村每一条小径

犁

每逢这个季节
父亲，牛和犁铧
无须邀约
虔诚地压低身段
犁出一垄垄黑油油的愿望

看着他们躬着的身体
我顿生一种敬畏
因为，他们面对朴素的土地
从不敢直起腰身

此时此刻
父亲那古铜色的肌肤
溢满的汗水，像一滴滴谷雨
更像酿好的一杯浓香的春色

把土地灌醉
也把种子灌醉

春天的故事

四月，总是以一朵花的姿势
绽放一季岁月的芳华

谷雨为媒，情满大地
一朵云和一场雨
孕育一个激情燃烧的季节

一朵朵梨花，像犁活的云水
顺着笔尖的走向
把一粒粒鸟鸣
播进爱的诗行

野花探出半身的草稿

侧耳偷听
那些分行的文字，在泥土深处
微微隆起的胎动

隐入尘烟

你像一头朴实忠厚的草驴
热爱这里一草一木一粒尘沙
用一双温暖粗粝的大手
垒起两只苦燕摇晃的茅窝

当耳边最美，最动听的蹄声
叩响荒野，田间小径
夕阳便牵出屋顶的一缕云絮
点燃等你晚归的一窗灯火

时光把日子碾成残坯碎瓦
也把锅碗瓢盆敲打成
生命的交响，让爱挺起光芒

你多想把积攒一生的阳光
忽忙的年华和悲苦
和她一起，种进故乡

你更像一个虔诚的信徒
手捧着草尖上的灵魂
带着难以割舍的隐痛
连同一个年代的烟火

走向黄昏深处，向往
恬静的安宁和幸福

琐碎帖（组诗）

◎侯明辉

薄 雪 记

这薄薄的冬雪，凌乱且泥泞
勉强能遮掩住暮色和落叶的声音

一只灰色的麻雀，站在街边的电线上
落寞而孤单
像我，像渐渐老去的我们

零零碎碎的白，无拘无束地飘落
宛如少年的柳絮，年轻、美好

并肩走着，安静，无端地微笑
这就是最美好的时刻了
薄雪穿过树枝，穿过我们牵着的手

夜 饮 记

总让我想起杂乱的荒草、寡言的石头
想起一双粗糙的大手
正在拼命掩住满脸的灰尘和哽咽

在一座城市里，安顿好这场大雪
像在一杯酒里
安顿好老娘的咳嗽、健忘和白发

"允许一个人，拥有片刻虚构的幸福"
小北风，吹动着屋外的暮色、塔吊和脚手架
吹动着八百里外的灶火和炊烟

兄弟，喝或者不喝
千疮百孔的人间，都需要大雪的缝补
都需要一杯热酒，环抱我们的漂泊和孤夜

南 芬 镇

细河斑驳，远山呈苍茫之美
风儿一吹，山坡的草木就枯黄了
它的颜色
更像我内心的老去和虚无

秋风中，总有一棵树，在慢慢变老
有一个黄昏，在等某个人

有说不清的大雪、霜痕和灰烬

逝去的细河吊桥、小火车站和老房子
那么地亲切和忧伤
"哦，它是一些记忆"
爱上了滨河路，爱上我的肉体和灵魂

在南芬镇，听星语，品落风
风一吹，世界的中心就是这儿
再一吹，我的中心，就是你微启的唇

十一月记

萧瑟，孤寂，且漫无边际
枝头低垂的枯叶
把最后的天空，留给了天空

老家多山岭陡峭，多峡谷深陷
再驱车两个小时
就能看见雪花，开满院子了

按娘教的方法，把酸菜渍好
把萝卜深埋进菜窖
缓慢的光阴，仿佛回到了过去

这些，对我，其实就足够好了
这个深爱我的十一月
同样深爱着人间，也深爱着你

滴 答 赋

除了模糊的远山、楼群和街巷
急匆匆赶路的雨伞、人影
还有什么
比屋檐跌落的这些雨滴，更加真实

有雨丝，银针般刺入我的脸颊
刺入黑夜的丰盈、沉寂
仿佛一枚沧桑的落叶
写满了我无处藏身的中年和虚无

疾驰而过的车灯，劈开了路边的水洼
一些隐秘，正试图穿过黑暗
看到了你，我原谅了这大部分的雨滴
原谅了另一部分的无眠和不安

红 月 亮

总感觉有点诡异，反常
赋予它任何诗意，都有点矫情和卖弄

已经十一月上旬了，但大雪离故乡还很远
每想一下，心就紧一下
温暖并疼痛

红色或银色，月亮都挂在天上

照耀着人间的惦念和离愁

总有几只鸟，在夜空飘浮着
像这红月亮
更像，一个人突然地掩面抽泣——

一个人的二十四节气（组诗）

◎李文斌

小 满 词

渐行渐近。靠近一棵小麦的初心
忘记风对时间的赘述
灵魂开始丰满，像脱去外衣的一粒粒小麦

适时提醒自己，不在问候语中拨弄烟岚
以此表达我对光阴的深爱
蜻蜓披着光阴织就的霓裳，我心怀妙音

一朵荷花就是一位提着灵魂行走的人
百里荷塘成为梦里故乡
几声蛙鸣让满天星斗恰如其分地闪烁其词

就这样，在小满日若无其事的幸福
直觉领先于季节，明月是拯救生灵的药丸

识得她，梦里就会万物萌生

芒 种 词

麦芒高贵。如金色的阳光照耀黑色的土地
早起的风抵达夏天的情绪
我提着父辈的农事，阳光一样攀上山岗
时间的指向契合我的灵魂
在芒种的日子，有了振翅而飞的欲望

始于光阴荏苒的初见和离别
大野沸腾，每一株禾苗和弱草都开始爱上自己
露水打湿的翅膀，透明，四处飞翔
初夏的每一天都有我垂涎三尺的拔节和叛逆
在芒种这一天抵达万物勃发

突然有在内心种点什么的冲动
一颗粟米、一粒豆种、一位火辣辣的丽人
让所有的阳光没过我的腰身
将草色认作亲人！然后卷起裤管
深一脚浅一脚从一只只布谷鸟的叫声中蹚过

夏 至 词

摘下一朵去年的荷花
蜻蜓用一阕词为初夏指点迷津
我们打开属于各自的开关
突然有了恋爱的感觉

114

涟漪来自风，有着迷人的模样
我在藕的深处寻找小船
摆渡这个页码众多的夏天
阳光没过耳朵
所有的声音清丽、幽蓝
像一只水鸟在我的身体里飞

我假装抬高手臂触摸天空
然后俯身系好鞋带
窥见池塘中的影子已不属于自己
那些鱼住过的地方
有水草缠绕

小 暑 词

半夏之后。天空更加干净透明
月光披在谷穗上浅笑
风吹过，有小巧的波浪令我陷入短暂眩晕

一切都是温暖的。月光下的稻草人
稻草人肩头小憩的麻雀
以及小秀浪花一样摇晃跳跃的羊角辫

披着月光的物件都是毛茸茸的
不知道哪颗谷粒能比小秀的身体更饱满
我羞于嗅到暗香……

就像小暑夜邂逅星光和萤火虫

或讲述不可救药的美。月亮恰好隐进打盹的影子

让我在一首诗的尾句神魂颠倒

月亮爬上来（组诗）

◎无　瑕

月亮爬上来

你的出现，让笑容永恒、万物祥和

山顶上的鸟鸣快活且透着弦音
蒲公英突然生出翅膀，幸福
在千米之外落地生根

石头不再是石头，晶莹
抚摸有重金属的质感

路不再是路，是我们往返人间的爱
路的尽头，升起一轮沾满桂树香气的月亮

水中年年有鱼
水中有故乡的明月

和他乡的明月照出同样圆的影子

风起，芦苇的呼哨声响
循着声响，一只沙秋鸭找回自己的家
我们彼此拥抱，说：月圆花好

富春山居图

给我——大面积的土地

站在泥土之上，我奔跑的、狂躁的心
逐渐趋于安稳
我是土地的女儿，我裸露在外的肌肤
泛着和土地同样的光泽
自然而不做作

倾听富春江水拍岸的声音
露水落在香蒲草上，沙沙的声音
一两叶扁舟从江面上流过
又从我的心底流过
然后，又直直地奔向你——

你是一座岛屿，等待流水和飞鸟的经过

那么多松柏，立于群山之巅
风从富春山顶呼啸而过
又四散开去
没有人知道，它们最后抵达了哪里

路过的人，皆是绘画者
一遍遍在心底勾勒、涂抹、加重轮廓
所有的人从山川沟壑中
找寻自己的脚印、出生地，以及
最终的埋骨处

至简之歌

莲叶硕大如盖。蜻蜓紧贴水面
那柔软的腹部，孕育出朵朵莲花

莲子洁白，似孩子般玲珑的心
我该送给谁？一颗送给摇着橹的船夫
一颗留给清醒的你

黑天鹅从湖面上飞过
落脚处，一座孤独的岛屿

左边的芦苇，遥望着右边的芦苇
彼此两岸之隔，却存在千山万水的相思

我知晓繁花会落尽，采几枝莲蓬插入空瓶
如此，所有的衰败都与我无关

母亲，来接我回家

我走在青草初生的四月中

也许会踩到蛇，不时有干树枝和苣荬菜
发出疼痛的尖叫
我想遇见悬崖上开到极致的山花
但它们比我先一步
预见自己的死亡

母亲拎着个篮子，意外地进入我的视野
我讶异林子那么大，她怎么找到我的
我看了一眼她的空篮子
她冲我微微一笑
我瞬间明白了她的真正来意

醒

灰鸽子飞来飞去，忙个不停
它们急于回到窝里投食
急于安抚幼崽们醒来后
祈盼的眼神
风声落在柳树的第一片叶子上
广场上的长椅座无虚席
内心干净的人扫除尘埃
扫出一条通往四面八方的路
到处流窜的绿。屋顶的上空
不时回旋着生命的颤音

这才是我

◎常江玉

我以为

我是海角处的孤岛

迎人来，送人往

固执，不肯挪动

可我，是自由的

或许

我是回旋里的一片兰桡

从天边悠悠地来

不作声

瞧着半绿半红的水面

不，我不是如此静默

我，是鲜活的

是山中漫着淡雾

日头一照就散

留下了光的棱角

是花瓣满缀着丘壑

丛丛绿意中一点艳丽

是风背离春天
偏要卷起泥沙
任性摇晃着枝丫
是云俏皮环绕
滴答滴答说话
一不小心掉落在窗棂上
随性杂弹的曲调
更是四月春
闪着光，发着芽儿
这才是我
我定是
肆意热烈，快乐自由

春之修辞（组诗）

◎富英勋

1

小驴车拉着青山
在春天的绿格子里跑
白云趴在垄上
亮溪悬在空中
阳光，在远方
拨开一个金色的口子

2

柳色湿润
桃红依在老屋怀抱里
鸟鸣被小溪洗得干干净净

晚晖扫过院子

神在檐下饮酒

3

一枝横陈
一端，桃蕊启唇
另一端，黛山浸墨

一声鸟鸣落上枝头
山，微微颤了颤

4

一株迎春花
昨夜偷偷翻过篱笆
把一大抱黄金
倒在门前

5

父亲很久没有回来
窗前的小园子已有些破败
夜晚，我听见月光下
那池韭菜热烈地欢呼着

一定是父亲来过
隔着岁月，隔着苏醒的土壤
这个扛着天的男人

来视察春天了

6

春分，风软下来
九十一岁的母亲便都张罗着出门
丝巾的花结要打在大衣外
帽子上的红梅要正悬耳际

阳光呼啦啦泻下来
列在一排晒太阳的老头儿老太太中
我的母亲，如出席一场盛大的仪式

7

月光顺着屋檐淌下来
须臾，便淹没了远山
月亮像一只粗瓷大碗
盛着荡漾的槐花香

8

麦田里的春风
比大浪有劲，顶不动
鸟鸣的尾音透过来
长长的，细细的

那个用夹子在麦田打鸟的少年

如今，正从记忆里翻出鸟鸣
仔细捋顺、抚平

9

十万亩春风兜不住
一头狂野的豹子
山河被弄得
青一块，紫一块

10

山坡上一匹白马
低头吃草
惬意的响鼻喷飞几朵白云
拥挤的野花叽叽喳喳
举高了天空
一缕炊烟疏疏淡淡
像是未完成的墨迹

竹与荷（组诗）

◎蔡恒学

竹

一场春雨，淅淅沥沥
淋湿了禅院的钟声
墙角的春笋，探头探脑
顶出乳白色的嫩芽

东坡爱竹，亦爱笋
先生笔下的春笋
饱腹、润肠、舒胃
解贬谪之惆怅

穿林而来的春风，无意泄漏的阳光
春笋即可长成最高的青竹
叶子四季常青
竿虚空，挺拔中有节

像松和梅
一身正气，清雅淡泊

荷

自从邂逅于，那个
波光潋滟的日子
一些风花雪月的诗句，便
开始流浪

那满池的青绿
多像人间的四月天
被困在季节之外的心哟
向往自由的天空

你那粉面的娇羞
让我的诗歌充满了柔情
一支瘦笔
在雨夜里悄悄萌芽

钢铁日记（组诗）

◎冯亚娟

铆 工

有时先在纸上画出各种各样的钢铁模型
或仔细地抚摸它们的额头和身体
用各种工具矫正驼背或跛脚

钢铁说：这是我的亲人
只要一看到他们
我耿直倔强的脾气
就会变得面条一样柔软

电 焊 工

电焊机一嗓子就把我从梦中惊醒
焊帽遮住了美丽的脸
只一双凤眼望着我，那么温柔

滚烫的焊点密集起来
疼痛如撕裂的闪电
我颤抖着，被捂在你的手心

此刻，我终于征服了恐高症
每天都热爱着身下的村庄
苍茫的原野，和飞过的雀鸟
偶尔的彷徨，会望一望原来工厂的方向

风雪已爬上你的额头和双肩
脸上的细泉散发着铁的芳香
我的另一些兄弟们
正挤在你身前，失去了矜持

炉 前 工

这是每天最想做的事情
提前半小时，走上熟悉的阵地
闹脾气的中频炉、冷却水、炉体
都在等着去安抚、照顾

决然地与电缆接头的铜螺丝拔河较劲
用十万个耐心给管道接缝的伤口包扎
刚刚出炉的铁水如愤怒的火豹
用千万个小心去关心它的体温和心跳

我的身体也将化作沸腾的铁水

拼读砰然的轰鸣
呼吸，燃烧的火焰，酝酿喷薄的理想
这一刻，黑夜激动得流下幸福的泪来

测 量 员

喜欢测量大山的身高、河流的胸围
高架桥的腿长
最爱的是
测量大山深处，小路的臂长

起点是老阿妈混浊的眼泪
终点也是

那些灿烂的笑容
鹰一样、蚂蚁一样
每天紧紧贴着我的心窝
一起走进，大山的心窝

吊 车 工

天空是另一片大海
你是海上垂钓的人

和太阳、月亮比耐性
和白云比耐寒和耐热

你说，你也是吊车上的一部分

有铁的体质和性能
下边的货物就是心中的江山

听说明天发工资
你比风雨欢呼得更热烈

叉 车 工

你见过一个叉车工出车前的检查吗？
液压管、门架升降器、刹车、灯光等部件
在他手里一寸寸抚摸过
一粒灰尘也无处可逃

一会儿他要去搬运的
有时是钢铁、木材、石块
有时是水泥罐、化工原料桶……
举起、放下都是与危险和易碎的战斗

此刻，一筐拆迁废料稳坐在升降器上
碎纸、细石屑如无数灰蝴蝶飞舞着
有些调皮地
把他的头发当花蕊，继续做梦

在这个拥有37摄氏度的温床上
它们的梦一定是温暖美丽的
不信你看，夕阳都柔软了心肠

彝寨（组诗）

◎张增伟

彝族火把节

饮水思源。温暖与光明在一个特定的日子里

被大写特写，被怀念的故事也被下一代人口口相传

怀念人心怀虔诚

一束火把就是祖先遗留的一枚文字

那条蜿蜒的火龙，就是一段彝族的历史

此时的彝寨，就是一部活的史书

年轻的彝族人开始返家

他们是新火把的掌控者

火焰在新鲜的空气里燃烧

白天，火把打开了彝寨的门，迎四方客

夜晚，火把化身一名书写者

写传承，也写幸福的生活

泼水迎亲

一盆水泼洒过来
迎亲的队伍就停滞了一下
新娘子就会在闺房中多停留一刻
多一分钟与母亲话别，也是好的
与新娘子一样，这一盆盆的水是纯洁的
这水里有快乐与祝福，一盆盆的幸福
送给牵手一生的新人
经过了洗礼的迎亲人
接受了祝福的迎亲人
美好的生活已经在水盆里闪现
那水、那笑声、那新生活
连成一串，成为日常

拦门酒

那股滚烫的液体如山石一般厚重
彝寨人把每一个季节固定在五彩缤纷的花园里
山歌嘹亮，一个个音符都是流淌的山泉水
远方的客人带来朝霞的涟漪
脚步生出莲花
在进入寨子的山路上，石板是柔软的
拦门酒是进入寨子的路牌
彝寨人的热情与好客酿成的美酒
使客人都有微醺的感觉
把彝寨置换成故乡

彝寨绣娘

绣针一次次地从土地上生长出来
与庄稼并列
信仰从刀耕火种时期就根植于彝寨人的血液里
她们把历史绣成图案
把故事绣成图案
更是把自己的一生绣成图案
穿在身上，传给下一代

打 铜 鼓

声音很脆，有惊天裂地之音
一群装有山水之魂的汉子
煮酒，唱山歌
以鼓槌为笔
为旷野写出一首抒情诗
那场独白在春光中发芽
孕育出果敢与强壮。疼痛被燃烧成灰烬
男人的硬骨头是族谱延续的血脉
他们与天地沟通，打破咒语
连同自己的简历
成为春天言语的一部分

时光列车（组诗）

◎姜孝春

阳台上的鸽子

总想撕碎点什么
窗玻璃、石头墙、眼中的高楼与大地
天空已经被飞累了
于是你蹲在阳台上
红红的眼睛
装满阳光的火焰

橄榄枝已经被烧毁
那本就不是你的使命
硝烟在远方弥漫
粮食与水
还有风中雌性的歌唱
这一切，都已在眼前消失
你的眼中只剩下火焰

于是，你再次展开翅膀
试图用生命撕裂苍穹
越飞越高，越飞越远

翅膀划伤的云朵
纷纷自天空飘落……

时光列车

不知起点，不知终点
也许，一条隧道的长度
就是生命的长度

阳光很好，列车疾驰
两条平行的铁轨
永远无法交叉
这时候，一只豹跑过
金钱一样的花纹逆风飞扬

窗外的山峦和树木
一排排向后掠去
花朵从眼中一闪而过
不知道微漾的风中
是否有花香随风起舞

而此刻，我正坐在
列车的某节车厢中

不知道自己要去哪里
不知道自己该做点什么

红 月 亮

苍凉的旷野
你的脸静止在远方
很红，很干净
血色，涂满天空

野草在风中，梦在远方
树木和风相遇
他们正在说些题外之话

是谁在旷野中
仰望着你的脸
一只狼在旷野中默立
图腾和崇拜在天空飞翔

而我只是想和你亲近
想和你说些心底的悄悄话

时间之外的花朵

一朵花，一朵白色的花
开在时间之外
不凋谢，不枯萎

一些禅意的云
静静地围绕在花朵周围
但是没有风，也没有声音
一切都是静止的
生命停留在永恒之中

其实你也很渴望
花香渴望蜜蜂的翅膀
花瓣渴望雨露的滋润
渴望倾听也渴望诉说

一只手
一只巨大无形的手
将时空默默撕裂
你从时间之外回来
一朵洁白的花已泪流满面

雪与阳光

阳光照耀雪花
雪花反射阳光
不相融的两种事物
纠缠在了一起

一丝丝温暖
悄悄融化冰冷
一片片冰冷
让温暖有了凉凉的回忆

一些泪水
沿着温暖渗入大地
一些希望
带着冰冷飞向天际

冻土下的种子
在泪水与希望的抚摸下抬起头
默默倾听春天的脚步声

林　间

◎刘　溪

秋天来人间染色，念一句红色咒语
树叶变红了，又渐渐黄了，它演奏变奏曲
金色的叶子铺满草地，香甜绵软
我脚踩温暖的，一望无际的棉花田

还未察觉，你的衬衫变成燕尾服
手捧的奶茶变成一汪红酒，静静流入我心底里
少女头戴金灿灿余晖，口含甜脆的板栗
淡淡草木香，钻进我身体里

每个秋天的清晨，露珠在青苔上，开出花朵
屋檐翘起的一角，流淌昨夜风疾驰的泪滴
有时你魅力四射，荡漾旖旎，水仙花在水瓶中翩跹起舞
有时你辗转反侧，挥尘入泥，羊脂玉乘坐消瘦的莲蓬

我总会为你点燃灼热的炭火，供你采人世间的呢喃
在用名画铺陈的壁炉前，向你倾诉缱绻的歌

我喜欢躺在你的臂弯里，轻轻地吻你
星星是天空的归宿，你是我银色的衣

你牵着我的手，走进山林里
花的翅膀触摸我的脚背，鸟的声音吞没长长的河
拥着一只暖炉，沉入时间的罅隙
向看不见终点的林间穿行，直至永远

开花，你的这颗心就还是热的

◎郭卫东

开花吧，在雨水里开
在清风里开，既然面对春天
就需要做一次抉择

在山坡上开，在原野上开
在蝴蝶的沉默里开
在翠鸟的歌声里开
在蚂蚁的脚趾上开
在大雁的头顶上开

你看那溪水已潺潺
你看那远树已如烟
在马鬃的昂扬里开
去惊醒沉睡的古道
在雄鹰的傲慢里开
苍穹虽大也要尽展逍遥

开吧，在火车的轰鸣里
在百灵鸟的啼鸣里
在小野猫的向往里
在流浪汉的琴声里
在枝头上开，在石头里也要开

开吧，像燃烧的大雪，像绽放的金霞
开他个三生三世，只要你不悔
是的，你不悔吧，此刻天光未明
星斗还未散去，是该做开花的准备了
为这太阳开，为这山谷开

开花吧，我不忍告诉你
这生命只有一次
仅仅一次啊，也恍若须臾

开吧，开就是不辜负
开就不只是聆听
你不能太自私了
就这一点点美好

开吧，开到山坡上，开到森林里
你听牧羊人的鞭梢多么响亮
你看老虎的呼啸多么美丽

开吧，再不开就来不及了
你就该打，你就是执迷不悟的傻子
开吧，我不说你傻

我说你深情而聪慧，你知道开花
你不会躲在一隅哭泣，哭也没什么

哭过就海阔天空了
忘记那些烦恼吧，烦恼有什么用
你又不是愁肠满腹的小妇人

向一朵花学习吧。向一树花致敬
关键是你也可以开啊
开成海的磅礴和天的纯净

一瓣一瓣的花朵多好看啊
可以是泼辣的小野菊
可以是迷人的大丽花
开花是一种气质，更是一种风度

开吧，肆意地开
让每一次努力都有目标
可以开一朵两朵三四朵
也可以开一万两万十万八千朵

摸一摸自己的脸颊
哪怕皱纹丛生满是尘垢
拍一拍这胸膛，是否还有火山的岩浆

让自己开花吧，不要犹豫
不要说不是时候，开不开都在你
如果你不想做一辈子的奴仆

开吧，你就是侠肝义胆的好汉
你就是赴汤蹈火的勇士

开吧，在滚滚的蹄音里
在滔滔的江水中
在闪电的嘲笑下，在春天的大地上

一切来自时间的馈赠

◎扈　哲

失去朝露的回眸
必定会得到阳光的抚摸

河滩上的鱼骨纹，毫不留情地
把咄咄逼人的青春，变成泥的一部分
沉静的原野，无声无息地吞下
奔驰的野马和咆哮的风
在时间面前，大地
也没有永恒的饱满

纵横驰骋的年代，除了血流成河
总会有那么一群人，留下几行足迹
或并列，或独行。被火焰灼烧
一切来自时间的馈赠

雪花的精彩回放（组诗）

◎景胜杭

雪花回放

一闪一闪，像小时候
回放的黑白老电影
一闪一闪，感觉好近又好远
远逝的梦，近在眼前

袅袅炊烟中，依稀可见
满头白发的娘，蹒跚的身影
慈祥的笑容，紧紧握着我的手
老泪纵横，挥别在故乡的老道口

一草一木，缘分不浅
都是我儿时的伙伴，兄弟姐妹
一山一水，辈分不浅
都是我想念的父老乡亲

一条辽河水，系着
我的脐带，流着中华的血统
一座座青山，印着我出生的名片
有我久违的志向，放飞的梦

每一个精彩片段，让人
热泪盈眶，情感不容错过
每一个镜头回放的瞬间
勾起久久的回味，紧紧揪着我的心

雪花飘飘，是一场期盼
也是一场回归
愿每次都会有好心情
能够感恩相聚，认祖归宗

铺天盖地的雪花
总是把爱激情演绎，一梦千里
一闪一闪，禁不住簌簌的泪花
打湿了一片，久焐不热的乡愁

雪落人间

生命的绽放，就在一场飞渡之间
从天上到人间，从飞扬到覆盖
每一次降临，都是我内心的独白

早已习惯了飘零，这样

可以追忆你到海角天涯
萧萧北风中，我以云的姿态
拥入你的怀抱，温柔包裹着
这世间所有的伤痛

就为你，画一幅美丽的图画
装饰你的梦，洗尽一身的尘埃
修复你憔悴的容颜，用我
洁白的身躯，融入你的沧桑
还你一个，瑞雪兆丰年

回望一串串脚印，生命在延续
用我，簌簌的泪花
感动着，这片冻僵的大地
愿为你白头，化作一江春水

雪 孩 子

没爹没妈，身世迷离
总有一段心酸的历史，感人的故事
冰天雪地中分娩，北风接生
一展冰山雪莲的坚韧顽强

冰为魂，雪为魄
与一枝热恋中的红梅
沾亲带故，一诉衷肠

北风萧萧，炼就了

冰雪严寒的意志
却割不断无尽的乡愁

即使，有一天默认为云
也不忘，含泪重返人间，认祖归宗

红梅傲雪

不管太阳如何勾引，笑脸相迎
你就是不红不艳，不兴奋
北风一吹，翩翩白衣的雪花一亮相
你却放下一身傲骨，以身相许
害羞得一脸潮红

这世道，谁不喜欢攀权附势
你却拒千古一帝的太阳
于门之外，不讲一点情面
偏偏礼贤下士，爱上了一介布衣

有道是名花有主，芳心暗许
你终究，还是没有超凡脱俗
或许人间，真的有真爱
难得，梅花香自苦寒来

你是，遗落尘世的一颗美人痣
不折不扣的美人坯子
没有雪的掩映
还是少了一点灵气，一点诗意禅意

一份如痴如醉，绝世的妖娆

雪为梅填词，闪转腾挪
钗头凤，虞美人，一剪梅
一不小心，陶醉了唐诗宋词
汉赋元曲，才子佳人

梅唯恐，招待不周
一鞠躬，再鞠躬，三鞠躬
与雪花对拜，行周公之礼
礼仪天下，从此人间多了一份佳话

梅，为了雪的凛然大义
毅然，割袍断义，抛弃了春的献媚
从此迎风傲雪，隐身江湖

雪，英雄救美，在一个严寒的冬天
为了一个爱情典故
执剑天涯，走上了风雪不归路

写给冬天的情话（组诗）

◎李宝安

冬天有朵雨做的云

或许你，还有多余的浪漫
或许你，还有多余的遗憾
在冰冷的天空，在低矮的大地之巅
含着心中的雨丝
游弋，盘旋，泪眼涟涟

冰冷的人间头上
偶尔看到那张你悲怆的脸
我会想起悠悠岁月
你那，千姿百态的容颜

我安静地等你
像柳树对春风的渴望
田禾对雨润的留恋

等待春天，或夏天
或秋天，再次来到人间
好看你那张，最美的笑脸

等待雪来

与雪花共舞，闭上天窗的眼睛
我只有在安宁中等待

等待也是一种豁达圣洁的情怀
你的到来将把这个世界的肮脏
来一次彻底的漂白

你如期而至，像君子谦谦的约定
在子夜里的四面八方
用柔声细语将我
香甜的梦，带入一片春天的海

雪花的自由

你生于地下，曾经身陷泥巴
那水的故乡，是你安定的老家
你也喜欢，高人一等的生活
在追赶太阳的日子里
还做了一回女驸马

天上地下，都是你的行宫
回归的时候，也还是那么自由潇洒

只有在风的面前
你一点脾气也没有
东南西北地漂泊
却将最后的泪水独自吞下

泥火盆夜话

千年不灭的人间烟火
在黄泥加线麻铸就的火盆中
在冬天老屋的热土炕上
悄悄的神秘的夜色里挥洒

有远古的,当下的
天上的,地下的
还有神的,鬼魂的,仙儿啥的
火红的炭火中
燃烧成不灭的围炉夜话

从寒星满天
到冷月醉入西山脚下
古老村庄的冬夜
胜过那如火如荼的盛夏

几十年过去,每到寒冬来袭的时候
我总是想起乡下
其乐融融的回不去的老家
一幅永不褪色的山村风俗画

小雪中的大河

你也许太累了
只留下三朵姊妹花的记忆
在你动感的情感中梦也似的
恰是你身下的汩汩清流

两岸的青柳，在你身边默默地守候
看着你快要冻僵的青春
也开始低下衰老固执的秃头

小雪开始封住了原野
野鸭子已是南方湖里的新宠
岸边有孤独的摄影师
殷勤地，记录着你曾经的欢乐
还有你的冷清，你的哀愁

雪的故乡

雪的故乡，是我的故乡
雪，是故乡的春梦
雪，是土地渴望的新娘

雪花飘飘的日子
岁月静美，纯洁安详
她送来的是等待与向往

我的故乡，是雪的故乡
漫山遍野的，新鲜银白的景象
阳光在她的身上
播洒无数迷人的舒畅

夕阳落在他的驼背上（组诗）

◎何桂艳

填 仓

我们成家后不久
第一个填仓日
草木灰不多，但足够
在院子中间
撒一个大大的圆形粮仓

可我们没有填仓的粮食
他说，我们一起画粮食吧
于是，那个大粮仓里
迅速装进了
超大的玉米、籽粒丰满的豇豆
哈腰点头的谷子……
我说，芝麻也是一定要画上的

太阳还未升起
那个寒冷的正月二十五
一对贫穷的小夫妻
填在仓里的是
星星一样多的浪漫

落　日

是夏日的傍晚
一个满头白发的老人
背着破旧的行李包
从我家门口路过
不一会儿，又折回来
问我要一碗水喝

我送给他一个
夕阳一样颜色的西红柿
看着他向东走去

而落日，径直西落
仿佛极力地拒绝
与悲伤重合

夕阳落在他的驼背上

他坐在自己玉米地边
卷着旱烟
身后的垄，围着他绿

半卷着的裤腿、枯瘦的双手
以及
那份粗糙、洗不净的红土

父亲若在
也是这个年龄了
谁心里的怜惜与酸楚
女儿一般战栗

夕阳，在他的驼背上
不舍得再落

那时候，我们开始喜欢百草

那时候，我们躺在西山坡
松开手心里的粮食
松开揪心的末等地
山枣树杂草和樊梨花
一直觊觎它的黑土

儿子和他的孩子都不会种地
我每次说到
界石下的白石灰
他都会淡淡一笑

但是，这些我们都不管了
与百草和解

任由它们长在我们的房前屋后
甚至站在我们的房顶

这是我们一生除掉的草
我们终于成了
形影不离的朋友

春天即将到来

早晨，邻家嫂子
从墙头那边
送给我一叠煎饼
一捆小葱，一棵生菜

阳光照着她略显粗糙的双手
我喜欢看她笑着的单眼皮
喜欢她叫我宇健他妈

我们是留守小村的人
是两棵有疤痕的山榆树
是一群麻雀中的两只

我们极力噙住轻微的叹息
不伤害春天的一粒土

留 守

一坡杏花从山脚到山顶

一树桃花在我的院外
不久后，禾苗也会蜂拥而至

她们依次找到我
这些美好，我总是像第一次看到

我的孤独和忧伤
来自这些
触手可及的事物

春水流（组诗）

◎刘国强

春 水 流

昨天的寒与硬不断退却
除了融化声，就是流淌声
除了整装待发的丛林，就是闪动的倒影
这时的心更接近一片翠和一片蓝

我能清晰看到自己的沉默
时光一寸一寸升到树梢
升到一群鸟歌唱的辽阔里
一座山慢慢有了声色

你还是原来样子，我还是最初的我
守着一条河，我们渐行渐近
经过的村庄，城市，过往，期盼静静地汇聚
春水如烟，放下了所有沉重

我的泪水流下来，回到出生的地方

故乡春色

几乎一夜之间，还是不知不觉间
故乡一下明亮起来

这么早开的桃花，煦暖的山坳
蜜蜂振翅，白鹡鸰跳跃，一只红花蝴蝶
风沿着山崖向上摇动枝条

时间已过春分，我们彼此并不陌生
等你，在故乡，在远方，在脚下
每迈出一步，天地便会宽广一大块

很多岁月一直被隐藏，收拢着激情火焰
当相遇展开所有心事，一身多么轻松
一念之间，明天一场更大盛会
以微信朋友圈速度打开窗，打开声音
打开飘来的雨水，打开沉睡的梦和目光

春天的高度

春天一天比一天明亮
一天比一天高，一天比一天绿
出行的人很多，找个同行人却很难
我们向着各自路途的春天出发
寻找着各自人生的春天

春夜多浅啊，花骨朵

在酝酿一场尘世风暴

我的梦翻阅着日历，期待那一天到来

有时很沉默，有时想唱歌

春天也有春天的担忧

怕没有足够的温暖，湿润，柔和

置身春天高处，有风吹来

河流水面波光闪烁

黄昏涂抹着天空的色彩

各自心事，各自家门，各自灯火

我们不必强求成长，你看

春天的草芽已经悄悄钻出土壤

守着孤独快乐，一直等你

我是一个喜欢用奔跑奔向你的人

那是起点，抑或是终点

钢铁的光芒（组诗）

◎王兴东

机　床

隆隆声……
在厂房内穿行
卸掉工件
就能看到那张圆润修长的喉咙
尾座衔着套筒
把伸长的顶尖固定在工件的正中
对产品精度总是忠心耿耿

卡盘飞速旋转
刀台束缚着坚韧的执笔者
用合金雕琢
一件件精美的艺术品
蕴含着操作者智慧与经验的结晶

红红的铁屑
就像吐着火舌的长龙
时而飞舞，时而蜷成一团
喷云吐雾
那些云雾又似章鱼的腕足
慢慢地
抚摸劳动者额头的汗液和弯曲的脊背

还有那盏灯
总是睁着大大的眼睛
安静地注视着每一个工序流程
闪动在工件上的光环
又多像一个个流动的日子
在默默地抒写着机床亮丽的人生

钻　头

你的面孔隐藏在黑夜之中
那里是窄窄的通道
只有不懈的努力才能走向光明
你的手和臂膀深入铁的心房
正用锋利的翅膀切割一件件标准的图样

哧……哧……
撕裂的声响
那是你用力地撕扯铁的衣襟
把它变成一片片鱼鳞形状
飞速旋转的你

洒落一地的乳浆，吱吱地释放着热量
升腾的烟幕伸展着乌贼一样的手臂
抓绕着转筒、摇臂，还有模糊不清的灯光

降速，轻抬手柄
钻头慢慢地停止轻盈的舞姿
圆圆的孔洞展露出来
它像十五的月亮，透着亮亮的光
在光的那边看见钢铁工人弯弯的脊梁

铁　削

铁
你来自大地的胸膛
身体束缚在机床
我眼睁睁地看见你的衣衫被一层层地剥开
露出亮亮的肌肤
那些抖落的铁屑形成各种形状
有花瓣、鱼鳞、丝线、卷起的喇叭
你的颜色也各不一样
有银灰、淡白、金黄，有的还发着蓝色的光

走进你的心房
看见你在奔腾的血液中倔强
一条条红红的丝线
弯弯曲曲地在灯光下奔忙
有时你身心疲惫
蜷缩成一团找一处僻静的空旷

听那悦耳的鸣叫

不知是疼痛还是在歌唱

我想一定是饱受生活的挤压而发出的那种舒心的释放

堆积成山的铁屑

那是沾满油污枯萎的肉身

在露天旷野中渐渐发黄

等待着

从涅槃重生中寻找希望

铁的泪花

铁是会流泪的

不信

你去抚摸夏季里铁的脸颊

或是

站在炉顶

去观望圆圆的炉口

滚烫的铁水像烧红的太阳

跳动的钢花

是生铁飞溅的泪水

翻滚的血液

连着一颗颗跳动的心脏

铁在说话

咕嘟……咕嘟……

浑厚炽烈的音符

我抬起手臂
扯下一片阳光留下的烈焰
做一把蒲扇
罩住一点一点熔化的骨头
还有那些飘走的灵魂

我知道
他是去寻找大山中的身体
或是寻找丢失在大山中的泪花

车　刀

你总是把头伸向前方
用坚硬的刀刃撕开钢铁的衣衫
诞生时有些羞赧
粉面光头小哥的模样

身体中文有涟漪的波纹
方正地端坐在刀台上
要问你一次能喝几斤几两
那得看机床的转速和走刀量

有时你的脾气很是火暴
悦耳的尖叫伴着哧哧的火星
我知道
是渴望让你背负太多的重量

有时你也会身心疲惫

在砂轮上靠一靠又换了新装
不管走过多少曲折和险路
可你的骨架依然是那么硬朗

夜色里的铁

夜色明朗
月亮赶走散淡的星光
朦胧的夜抱紧一块黑铁
他用沉静的心绪触摸夜的风凉

取一段你的身影
或大、或小、或歪、或正
是你赤诚的心让月光感动
不同的时光，为你留下追忆的情影

刚毅的容颜日渐消瘦
是风雨，让你脱掉老去的衣襟
锈色、断带、疤痕、凹坑
血脉相通的心扉依然跳动
深夜的寒风
卷起沙石在敲打
可你依然有铿锵的回声

追赶火车的孩子（组诗）

◎吉尚泉

四月的站台

四月，"鸟鸣里展开的城市
明显多了一些抒情"
僻远的一角
也有花蕾粗粝的背影
我喜欢听
拉杆箱的小轮子
摩擦站台的余音

走过春天的小情侣，正走向四月的站台
动车进站时
一定有电与火的合奏，招展的旗帜
把远方一次次推陈出新

回首处，大海微微荡漾

群山像搬不动的叹词
衣角保持着沉默
而被大风掀起的一定是阳光

四月的站台，我曾经来过
一棵开花的树
正举着洁白的云朵

陌　生　人

我亮出的族谱里，春风摇曳
跟随的步伐
也有短暂的回音

目送一列动车，经过田野
也目送更多的日子
跌下山冈
这许多年，"我在寻找安眠的河床
为了寻找喀斯特的溶岩，我拜访了黑暗"

旅客的轮回里，芳草替代了流水
五月替代了四月
陌生人替代偶尔的掌声

你说，一个转身，就是大雪
跟随着节气，陌生人
也有不为人知的隐秘和献词

追赶火车的孩子

夏天的画板上，动车写就的狂草
没有尽头
从暗夜到黎明，未知的旅程
沿着山水铺展
挨挨挤挤的日子
谁又能停下脚步

你说，"大水与河岸分开之前
城市是安静的"
追赶火车的孩子
眼里装得下四季
这钢铁的流星，是村庄
动感的注脚

每一个花开的日子
都有一晃而过的流星
喊出坡地上的草色
隔着词语，追赶火车的孩子
终于张开臂膀
拥抱虚无的风和田野上的暖暖的阳光

动车拐过飘雪的城市

哨音撕开暗夜的一角，将这些簌簌的雪粒
称为人间亮色

轰隆隆的脚步穿越千山万水
朴素的生活，会变得真实

动车拐过飘雪的城市，就是拐过
焰火和人潮
"一半以上的鹅卵石都消失了"
迷人的窗口可以洞见远方的翠鸟
宏大的叙事里
有着最初的号角和张望

高大的楼群像一个隐喻
聆听雪地里滚过的歌谣，那些
不知道名字的灌木
在窗外的黑暗中摆动
像一种怀念

一个声音

仿若易碎的瓷器，一个声音
从雪花里取出黎明
我漫长的旅程，已经被
再一次提及

穿过的隧道，留下短暂的回忆
"一个声音
可以是越过边界的鹿
一个声音也是水清木华的田纳西"
背包里升起故乡的明月

衣兜里
低旋着夏日的蝉鸣
仿佛灶膛里的炭火，一个声音
在站台上流淌
粼粼波光让我想到巧遇和远方
再没有比一个声音更重的担子
再没有
比一个声音，更高的仰望

卜俊珍的词

◎卜俊珍

行香子五首

行香子·只此青绿

一舞超尘，万里逍遥。冷凝眸，逸步柔腰。青衫绿袂，妙舞仙韶。若云峰倚，松石静，柳风摇。

烟波浩渺，霞光潋滟。此江山，绚丽多娇。风华正好，天地夭夭。惹禅心杳，诗心咏，乐心陶。

行香子·落叶

瑟瑟风吹，冷冷霜欺。若惊鸿，旖旎旋姿。轻盈起舞，诀别飞离。展叶之柔，叶之韵，叶之奇。

春来灵秀，秋归优雅。意浓浓，俱与相知。如花归去，零落成诗。赋一生情，一生爱，一生痴。

行香子·初夏小雨

弹着琵琶，挽着风娥。天地间，劲舞婆娑。丝丝甘露，缕缕烟

177

罗。看柳摇辫，花含露，水纹波。

孩童三五，嬉欢忘我。任淋漓，如燕穿梭。吟歌溪畔，逐跃山坡。笑一身泥，一身水，一声呵。

行香子·旗袍

款款倾心，件件时髦。扣盘花，立领收腰。玲珑有致，妩媚新潮。恰挽端庄，携优雅，唱妖娆。

东方神韵，邦交礼服。步娉婷，仪态昭昭。舞台竞秀，诗卷争骚。正绣华章，扬国粹，树风标。

行香子·思念

细雨绵绵，寂夜昏昏。又无眠，暗暗伤神。青砖黛瓦，日夜牵魂。念那炊烟，那杨柳，那亲邻。

恩深难忘，宽严励语。泪涟涟，梦醒时分。曾经点点，已赴前尘。掬一些甘，一些苦，一些欣。

西江月七首

西江月·女足姑娘

一脚凌空怒射，三球破垒狂摧。铿锵女子写传奇。逆转韩国折桂。

足下驱驰梦想，心中溢满芳菲。绿茵场上亮英姿。看我青春无悔。

西江月·女医护人员

百媚白衣天使，千娇粉袖佳人。一眸一笑涤清尘。逐梦追风共韵。

为母含辛茹苦，为医济世求仁。娉婷大爱蕴精神。温婉持家贤俊。

西江月·女诗人

晨晓莺声轻啭，夕霞晚色迷人。春风缕缕拂清尘。柳眼微睁羞问。

几许诗心浅漾，几多雅意牵魂。惊眸一笑醉三分。偏爱吟词弄韵。

西江月·张桂梅

桂树栉风沐雨，寒梅傲雪凌霜。燃灯铺路吐芬芳，点亮初心梦想。

热血凝成甘露，真情化作暖阳。衰颜瘦体更坚强，桃李满园绽放。

西江月·致冬残奥会运动员

雪道双轮炫技，冰峰独臂昂扬。蜿蜒玉带舞新章。点亮青春梦想。

苦难侵身何惧？梅花斗雪芬芳。激情绽放几回狂。荣耀国歌唱响。

西江月·致敬消防员

驰骋浓烟滚滚，施援烈焰腾腾。救灾抢险警民生。撑起祥和愿景。

热血催开梦想，丹心铸就忠诚。激情岁月写峥嵘。不负青春使命。

西江月·致教师

笔下倾情演绎，台前神采飞扬。培桃育李竞芬芳。喜看题名金榜。

软语滋兰蕴慧，温情化雪融霜。搭桥铺路助贤良，两袖清风浩荡。

浣溪沙六首

浣溪沙·上元节
皎皎冰轮悬太清，烟花彩树耀山城，秧歌锣鼓喜盈盈。
东巷高跷惊绝技，西街狮舞醉莲灯。笙箫唱和已三更。

浣溪沙·柳絮
扰扰纷纷恁个休？飘飘荡荡信天游，天涯海角意难收。
往事随风追客梦，痴心带雨坠离舟，落花流水恨悠悠。

浣溪沙·五月槐花开
几缕清香扑面来，风中摇曳老杨槐，玲珑玉串荡优哉。
溪柳悠悠闲漫步，湖光滟滟映楼台。一眸烟雨淡舒怀。

浣溪沙·暮归
日落天边布彩云，林中鸟雀又归频，牧童短笛染风尘。
袅袅炊烟闻犬吠，蒙蒙雾霭掩柴门。万家灯火照归人。

浣溪沙·山居
袅袅晨烟旭日升，枝头雀鸟正欢鸣，闻鸡起舞步轻盈。
种菜山前溪浅浅，采桑屋后草青青。一坡桃李笑娉婷。

浣溪沙·闲居
屋后房前栽满花，曦光暮霭仰云霞。花香鸟语伴桑麻。

一卷诗书闲在手，半窗明月醉瑜伽。轻吟浅唱赋年华。

凉州令二首

凉州令·暮春

夜雨声声透，几许轻寒消受。恹恹无睡意阑珊，听风吹落，一地相思扣。

桃花树下曾牵手，谁把初心守。青春辜负多久，箫音似水痴如柳。

凉州令·芳菲四月

点点嫣红惰，翩然琼枝云朵。芳菲花季各缤纷，清香杳杳，入韵风来和。

溪边柳下闲吟哦，偶也茵茵卧。声声谁个啼破，群山叠翠青屏锁。

儿子与猫（组诗）

◎戚英威

儿　子

骑大马的那个人叫儿子
儿子玩得多开心
驾！驾！驾大马
满头大汗气喘吁吁
马儿是不是累到了呀

那个大声叫嚣的人叫儿子
委屈得好像儿子的是老子
那一匹高头大马衰老的像头毛驴

毛驴呀！毛驴！
你生下的是骡子吧
儿子是老子的儿子
老子还是不是儿子的老子

人生真是奇妙
活着的人给生活当了孙子

作为流浪的猫

作为一只猫
我骄傲地流浪

一只猫的生活
蹲在屋檐上
看日出日落
看那只被牵着的狗
看来来往往的人
看车轮滚滚

一只猫的日子
垃圾桶中装着三餐
广场的喷泉
宽敞的浴池

作为一只流浪的猫
总有人要抓我
他们不知道猫的幸福
为什么要活在那个笼中

一只猫
应该去流浪

看看日出
晒晒太阳
作为一只猫
我骄傲地流浪

小巷里的冬天（外四首）

◎柏　莱

小巷里的冬天

上午，花白胡子的老爷爷
笑哈哈，拄着拐棍从幼儿园
门口走过，他跷着脚一踮一踮
恰似向往飞翔却总不能如愿的

老鸟。"跟我走吧，跟我走吧"
这嗄声嗄气的调门儿，通过胡子
和栅栏的过滤，到达孩子的耳朵
孩子们看见老爷爷的白胡子，在他
呼出的一团团白雾里逐渐模糊
他的拐棍嘀嘀嗒嗒，像玩具汽车的

马达。"老爷爷再见，老爷爷再见"
只能这样。因为阿姨说过

外面天冷，路滑，谁也不许
出去，然后咔嚓一声扣紧栅栏的门锁
咔嚓一声，把孩子们的眼睛
钉在木质的小黑板上

有一个孩子低着头
在小课桌上画着自己得意的图画
他的画面将是这样：一个孩子，他
揪住飘进栅栏的老爷爷的胡子
然后，他们乘着白雾一起飞翔

轻的层面

一个宽展的脊背，努力向上，这样子
就像承受了一个沉甸甸的重物

当然，我们无须计较。把一些苦涩味
很浓的药剂，闭上眼睛吞下去，或者
像个慈祥而无奈的长者，宽而容之

这是一种态度。这需要你鼓起勇气
参与对自我的砥砺，然后，让温吞吞的
子夜，张开它有弹性的巨网。这就

不像现在，我的邻人，坐在阴冷的屋子里
独自一个，面对深秋里摇落枯叶的杨树
和柳树，想着小小的情人，想着她温暖的
嗔怪与别出心裁的晶莹的抒写

一万和一

一些琐事，作为虚掩的稻草，覆盖在
时间深井的表面。而历史这怪物，它总是
出其不意地从其中冒出来
自背后，将我们击落

傍晚时分，邻人走进冷冷清清的宿舍
邻人，一个手感细腻的人，可是
他绝不思想，像一个真正的管家，习惯于站在
门板的里面。他耸人听闻的话，像有着
巨大吸盘的水蛭，它将穿过肋骨的缝隙
直接抓住畏缩的心，"思想与不思想者的头脑
一样，最终，它们将在不同的锅里，烧煮稀烂"

承　受

事物沉睡在没有安全感的怀抱里，它的散光
折射向内部。一张载有蠢人的酣梦的床
一片承受蜻蜓们重新定义的水洼

这种命名是司空见惯的局部变动
所有的人都在竭尽全力地嘶喊着，醒来吧
我的宝贝！或者，直接抓住事物的突出部分
猛烈摇撼。有的时候，这就称作气度
但发生的一切毕竟与春天不同，事物退却着

将花朵和绿叶抛在原地，匆匆忙忙，去完成
彼此的契约。这是在沉睡过程中的过程
它仍然与沉睡同步，向前延伸着

去往新居的路上

这是一种固有的，不可救药的章法
和只能在我们之间低翔的语言

在去往新居的路上，就像你眷恋着初夏一样
我恋着旧舍，恋着我们关于水，鸟和帐篷的
故事。但是，说到蜗牛壳，我能联想到

它的内部，联想到一个奇特而雅致的迷宫
里面无数条交叉的长廊，最终，每一条路
都通向我们内心幽居的深处。还有，一个
老中医，我们的邻居，他是那么善于
用草根和苦味的叶子，调配出独特的药剂
安抚一对因躁动而受罪的灵魂

然后，我们将用略带沙哑的声音彼此呼唤
我爱你，我爱你，以此完成彼此的自爱

在去往新居的路上，我悟出来了，你不是花
我的爱人，你是多汁，多肉，籽实饱满的果
一种风，它徜徉并陶醉在果蒂的基部

2022年辽宁诗歌扫描

◎杨　晶

当我们驻足回眸2022年辽宁诗歌，可以看到一派硕果累累的景象。2022年，辽宁诗歌创作继续保持着生长的活力，呈现出多元共生、色彩纷呈的诗歌生态。一位又一位分属于不同代群、性别与地域的诗学个体，以他们富有活力的诗歌实践，共同使我们的辽宁大地蔚为诗国。百年来，作为曾经最具活力的先锋，中国新诗是中国现代文化的重要组成部分。发现和创造，是诗歌产生魅力的关键，诗歌的发声越来越需要拒绝喧嚣与浮躁，沉潜是当下诗人应坚守的品质。诗的力量源自诗人对现实的感受与对心灵的创造，而这正是"文学辽军"的传统，成为几代诗人遵循的方向。2022年辽宁诗人们的写作仍然坚守自己的内心，不断靠近诗的本体，诗歌在获得艺术自觉的同时，继续在深度和广度上开掘，呈现出风姿绰约、独具个性的大量优秀诗作。在现代新诗迎来一百零五个华诞的2022年，我们欣喜地发现，新老诗人都是自觉地融入现实和更为辽远的历史时空，不断对诗歌艺术进行探寻与突围。作为专注的辛勤耕耘者，他们奋然前行的探索和笃实坚定的身影，使得辽宁诗坛呈现出丰茂的诗歌面貌。

林雪是一位出生于20世纪60年代，80年代就已扬名全国的诗人。作为一路走来的歌者，已成为新时期以来诗人的中坚力量。如果一位诗人始终能从真实的自我出发，拥抱现实，以才情和激情激发出丰富的想象力与创造力，不断地保持着充盈的活力，进行独特且卓有成效的写作实践，这样的创作生命是可遇而不可求的，林雪就是这样的诗人。林雪的诗独特之处在于所具有的那种哲思意蕴和人类视野，把感性的日常融入理性的冥想，超越事物表象，以更深广的精神探求，产生一种"惊心"或"动魄"的审美效果，极为值得称道。2022年，林雪以组诗《在湘西这边》（《民族文学》2022年第2期）继续着自己的精神探索。在这组诗中，孤绝的主体在沉默与歌唱、悲壮与谦卑之间克制、盘桓，同时也有深沉、浩大的迸发。显然诗人的歌吟不在于个人的悲欢离合，也不是一次抒情灵感与他乡风貌的偶然契合，而是自觉的心灵之思，思辨之旅，意涵深刻。正如诗中所写到的："转瞬即逝的东西或长久不散／哪个是先生形容的热闹？／安然生活的人们和无力写出更好的诗／哪个更孤寂？""傩戏里的千百个神漫天飞起／大如世纪山水，小如一年欢喜／一小时、一分钟、一秒钟——／没有一座桥比它更丰富／丰富到诞生出自己的哲学／它能自问自答。满含仪式／能望到山峦之外的远见／还有古早的喜悦"。"风雨桥""歌师箴言""描述过的雨水"，这些地域文化的精神坐标中，风云际会的历史、波澜壮阔的现实，在绵密、飞扬的意象中碰撞、交汇，超越了个人经验，到达存在之思。诗人执着而热情地以"沉静又盎然的诗歌之树"给予精神上持续的洗礼，从而让我们获得力量与纯粹。此外，其简洁的语词、句法的呈现方式，常常是变换不居的，但其内质丰盈独具自己的气味。应该说，林雪是当代汉语诗歌写作中自觉的实验者之一。

2022年，除林雪外，还有辽宁诗坛老一代诗人萨仁图娅及舒洁、巴音博罗、李轻松等其他同龄诗人，也都奉献出了各自的优秀诗作。舒洁的《不朽之途的颂诗》（《民族文学》2022年第4期）、邵悦的《擘画》（《诗刊》2022年第11期）是主题写作的年度力作。舒洁的

《不朽之途的颂诗》注重形象和意境的营造，作品将缅怀、期望与歌唱颂扬融为一体，诗中写道："他们栩栩如生，侧耳倾听／在祖国神圣的怀抱里／他们已经幻化为和平的清晨和夜晚／我们铭记他们集体的名字／先驱者！如今我们满怀敬奉／在风中，在雨中，在幸福中／在深切缅怀的梦中／我们仰望，东方灿烂的河流奔过雨幕／他们矗立在晴朗中"。诗歌回溯了中国共产党北伐、长征等"百岁沧桑演绎大地繁华"的伟大历史功绩，抒发了今天亿万人民"昂首跟党走""奋进新时代"的豪情壮志，是新的历史背景下如何创作主旋律作品的成功典范。邵悦的《擘画》由五节构成，作者在有限的篇幅中将我党百年成长史，今朝辉煌景象浓缩成一幅幅画面，巧妙地描绘出"长征精神、延安精神、西柏坡精神……烈烈的红色精神"的守望信仰与"长征"飞天、"嫦五"探月、"天问"探测火星，深入海蓝、"蛟龙"入海、航母入列的"大地繁华"生动图景，讴歌了中国共产党"大国智慧、大国力量、大国精神"的丰功伟绩，借助艺术形象的生动描述，充分展示了作者创作主旋律作品的得心应手，以及驾驭题材的不凡功力。作家们穿越时空隧道，重温历史，再现当下，热情讴歌了伟大的时代和人民，彰显了诗人的使命担当。

巴音博罗是近年来一直致力于深耕工业题材的诗人，接连创作出了《要是大海能停止流淌》《晨光中升起的炼钢厂》《午夜时分的炼钢厂》《如果我不曾见过炼铁厂》等多部力作，成为诗坛上引人注目的存在。巴音博罗的诗歌在坚持浓烈感染时，更重视诗歌的志，把自己的思考、信念融入独特的意象中，意象的营造与反复歌吟，让他的诗从日常生活、生产的平凡中上升，诗意浓厚深远。"炼钢厂""铁水""车间""工人"永远是诗人深情关注的事物与人。组诗《铁的火焰》（《诗刊》2022年第4期）中，"一代人就这样诞生，一代奉献者！／你会发现朝霞与暮霭是两条最美的纱巾／在时光之外，万物的咏叹之外，你会／把矿山打开、闭合，使身体消失于那轻灵／而那本有关钢铁的书，将指明一条攀登之路／它叫光，当然也能称之为神秘的海／你会在铁与火的交融中重塑其身／你以掌纹作衣，以烟作马／你的姓氏，叫无名！"（《在钢铁厂，一个人总会遇见另一个》）；"我看见高出地平线的事物，除了连绵群山／还有炼钢厂，还有高炉和烟囱，那传送带／正日夜运送云朵和星宿，运送大地的熟睡和鼾声／当马群打开这河流之门，隐秘的四蹄正在收拢／光荣的铜环也在摇响，整个秋天起身／沐浴，因寥廓而清朗！"（《致炼钢厂》）新工业时代巴音博罗的诗歌既有对历史的铭记，对未来的热切期盼，还有对荣光的致敬与歌颂。诗人在语言文字的表达、意象的运用上大胆创新，营造出一种大气灵动的语境，其真情深深感染着广大的读者。

关于"大地"的本源性写作一直是文学的传统，与乡土隐秘的对话性，构成了辽宁诗歌在2022年重要的美学维度。作为一个传统，辽宁的乡土诗写作实际上是与地域的地理特征和风土人情暗合的，探寻生活与土地自然的关系，粗犷浓郁的抒情格调，成为诗人们普遍的书写模式。近年来，随着城镇化进程的加快，乡土诗传统开始了现代性转化，从普泛的乡土抒情转为关注人及环境的变化，乡土经验从宏大的浪漫主义抒情回归日常，日常生活之诗成为乡土文明的延续和重构，这是新一代诗人对乡土书写的美学调整。

2022年，20世纪70年代出生的诗人们都已步入中年，但令人敬佩与欣慰的是，他们与林雪等诗人一样，仍然在坚持着自己的精神追寻，表达着各自独特的生命体验，人生之诗构成了新一轮的写作趋向。2022年，先后有娜仁琪琪格的组诗《疾驰的时间带着风》、李皓的《漾濞苍山古岩画》、宁明的组诗《那拉提的早晨》等作品分别发表于《民族文学》《新华文摘》和《中国作家》等刊物上，都是年度的代表诗作。海德格尔说"诗人的天职就是还乡"，无论诗人回到的是真实的故乡，还是想象与虚构的故乡，其实都是将灵魂投射在了故乡的一草一木、山山水水间，对于精神漫游者来说，可以一次次重返、凝视和漫游，故乡永远是生命力的源泉。

在这里，娜仁琪琪格的诗歌越发显得悠远、澄澈。为人生的书写，在诗人这里真正变为了和生活同步的精神遨游。"这是我第三次来到的岭南茶园／抑或是比这还多？我是说一个人的一生／不仅是这一生，往复的重叠／除了清醒的时刻／还有梦里"。一梦一醒，都是在以诗的方式对话。从心中流过的倏然间了悟，都是对诗性的守护。"秋季的茶园，不是它骄矜的时刻／而生命因来路的丰饶、沉实／坦然自若"（《秋日，在岭南茶园》）；"云顶山庄的夜晚，一半是欢腾歌舞的篝火／一半是凝神安谧的笔触／而翌晨磅礴的日出，在群山之巅／照耀、沐浴，万物众生的同时／也照耀、福泽了／每一个来到的人"（《疾驰的时间带着风》）；"由远而近青峰峡的水流／激越奔流，清亮彻骨／正在把我变成一棵树、一朵花／一株草、一滴水／游荡在碧潭，清水中的几尾／鱼儿，也是几枚红叶／恬静、悠悠然"（《物我一体》）。诗人置身物我之间，有怅惘、忧郁，也有恬静或飞扬。她听命于内心对诗的召唤，所有的现实、回忆和感触于诗中都变得通透。在生命的感悟中，生活世界与诗性世界所对应的经验与天真之歌彼此依赖，皆交由诗去发现新的表达。

李皓的诗歌同样是为人生的写作。2022 年发表的《漾濞苍山古岩画》《山是长高的海岸》，都是诗人置身于人生茫茫天地间的独白，有一种"忽如远行客"怆然而泪下的怅惘。"谁在三千年前，给我／留下转世的信笺"；"我们遮掩着隐秘的部分／我们袒露着与生俱来的灵慧／我们在每一条经过的路上／留下石头，留下地址／／请允许我用一幅画来敲你的门／那些刻骨铭心的事物／是否还留在今生今世"；"人类的童年多么干净／它们开始以线条为美／用文字为生命树碑立传／那无法说出的，索性海枯石烂"（《漾濞苍山古岩画》）。岁月流逝后呈现给世人的是独有的历史沧桑之意，而诗人就在"遗址"的深处发现了诗歌之幽。诗人与先人的对话，以移情的方式赋予了诗歌以寓言性，在记忆和现实相交融的歌吟中，进行终极对话和思想盘诘，传达出他内心坚守的信念。李皓的诗歌擅长于发现最日常生活经验之上的创造性的风景，既是想象的产物，也是经验的延伸。显然，李皓选择的是"在想象中飞翔"，以细节的简单努力达到思想的高度，最终指向诗歌创作的核心：天真与经验的博弈。作为一个想象的主体，获得了独特诗学的精神重力。

宁明的组诗《那拉提的早晨》《从克州到和田》《与一棵老树谈心》都是他体验、感悟和探索的结晶，作为个体的在场，诗人深情的书写着让他灵魂生根的地方。"清澈见底的河水不隐藏秘密／每一条鱼，都不掩饰自己对远方的向往／只是它们路过五彩滩时／一次偶尔的回眸／却会让一路愉悦的心情怅然若失"（《五彩滩》）；"把一枚水做的弯月镶嵌在崇山峻岭间／远离世俗阴晴圆缺的烦恼／喀纳斯用这把晶莹剔透的梳子／将两岸茂密的丛林，梳成了世外桃源"（《喀纳斯月亮湾》）；"我曾遇见一位远道而来的画家／他把画架支在了那拉提的晨曦里／满眼带露的阳光洒满绵延的绿水与白山／在这幅仙境般的童话面前／他迟迟不肯落下颤抖的画笔／眼里却盈满了泪水"（《那拉提的早晨》）。诗人将自己的思考笼罩在形而下具象到形而上的突进中，体现了作为精神修行者对世界及自我的看法，这里面不仅有对生命存在的思考、对道义的追问，还有延展开来的时代审视，与自然，与时代，与人性发生交集，再以隐忍的"激情"写下悲欣与淡定。宁明的写作归于对自我和周遭世界的凝视，更归于对历史与现实的谛听。

在辽宁诗坛上，刘川作为具有浓厚的自觉意识，执着于艺术探索的诗人，被视为先锋写作的新生代代表诗人。《这个世界不可抗拒》《在孤独的大城市里看月亮》《心境一种》《如果用医院的x光机看这个世界》《对话》《怀陈子昂及其他》等是他近些年持续带给文坛的佳作。刘川的诗都是对最凡庸、最琐屑事件的叙述，一个动作、一个物象或一个场景，发现它们并将其陌生化，在口语和日常经验的融合中触及人生的诸多面貌，并最终通往思想的高度。诗人执着书写着所见到的苦难、纯真和温暖的细节，这需要睿智、犀利的眼光，更需要真诚面对世事的心态。他的《夹克》《老刘辞典》是2022年辽宁诗坛的重要收获。《夹克》中诗人写道："一件夹克／远行一千八百里／去某工地／从脚手架上掉下来／一只袖子没了／回家时／夹克口袋里／多出两万五千块／这件夹克／挂回衣柜／那里还有许多夹克／都两袖完整／仿佛什么也没有发生／但一件背心／两只袖子都没有／仿佛它／在衣柜里／经历了／比工地更严重的事故"。《夹克》以小人物的遭遇，写出了世事的无常与残酷，暗藏着人生的卑微、困惑与无奈。看似突兀、异样的叙述，却满含意志与机锋。可以说，刘川的书写已形成了一个独特的风格，他从容地以智者之姿，通过对时代细节的观察与生活褶皱的造访，让我们见证了生活的另一面孔。生活即诗，一旦进入诗歌的舞台，呈现的便是或幽暗或跳跃的诗行。诗人是在见证的意义上书写了具象的人生经验，这些经验更多的是一种沉默的存在，但这"沉默"恰恰是诗歌的内在动力。

文化皇冠上，诗歌是最灿烂的一颗明珠，它可以穿透岁月，发出迷人的光芒。2022年让我们记住的诗歌有很多，从诗歌代群来看，"80后""90后"诗人也充分地展示了他们的实力与潜力。2022年，我们欣喜地看到，诗人们不断探索、勇于创新，在老中青三代诗人的努力下，对诗学的自觉追求使得辽宁诗歌呈现出繁荣发展的局面。如今，随着诗歌生态的改变，如何把新诗的文字场景、现实气场和精神效果发挥到极致，让诗歌真正成为亲切而独立的精神标本，这是摆在每个诗人面前的重要课题。中国新诗自100年前诞生以来，到新中国成立后几代辽宁诗人的崛起，展现了辽宁诗歌代代延续的风貌，"文学辽军"以其独特的诗学品格在中国当代诗坛上展现着重要的影响力。相信在未来的发展道路上将产生更多的名篇佳作。未来可期，对2023年"文学辽军"的创作我们满怀期待。

图书在版编目（CIP）数据

2023辽宁文学．诗歌卷 / 李海岩主编 ．— 沈阳：
春风文艺出版社，2023.10（2024.8重印）
ISBN 978 - 7 - 5313 - 6539 - 6

Ⅰ．①2… Ⅱ．①李… Ⅲ．①诗集 — 中国 — 当代
Ⅳ．①I217.1

中国国家版本馆 CIP 数据核字（2023）第 181824 号

北方联合出版传媒（集团）股份有限公司
春风文艺出版社出版发行
沈阳市和平区十一纬路 25 号　邮编：110003
永清县晔盛亚胶印有限公司印刷

责任编辑：孟芳芳		责任校对：张华伟	
封面设计：雷　宇		幅面尺寸：155mm × 230mm	
字　　数：136千字		印　　张：12.75	
版　　次：2023年10月第1版		印　　次：2024年8月第2次	
书　　号：ISBN 978-7-5313-6539-6			
定　　价：78.00元			